내게서 아이꽃이 피다

선생님의
마음으로,

엄마의
마음으로

내게서
아이꽃이
피다

이영자 지음

아이들과 웃음 가득한 행복의 길을 걷는
이영자 선생님의 유쾌하고도 따뜻한 일상 이야기!

바른북스

행복한 교사, 그리고 좋은 사람

글은 사람을 참 편하게 만든다. 분노가 치밀어 오르는 날 글을 쓰면 어느새 차분해지는 나를 보게 되고, 행복한 순간을 글로 남기면 그 글은 두고두고 나를 행복하게 하는 기록이 된다. 나는 내가 보고 듣고 느낀 모든 것을 글로 남기고자 한다. 어떨 때는 글을 쓰는 내 모습이 글감이 되기도 하며, 또 어떤 날은 순간 순간의 감정의 조각들이 모여 한 편의 글이 되기도 한다.

나는 학교에서 아이들과 함께하는 교사다. 나의 하루는 아이들과의 이야기로 넘쳐난다. 그 예쁘고 아름답고 즐거운 아이들과의 일상을 기록으로 붙잡아 두고 싶은 마음으로 이 글을 썼다. 아이들과의 일상에는 항상 기쁨과 즐거움만 있는 것은 아니다. 때로는 가슴 아프고, 때로는 내가 교사로서 할 수 있는 일이

별로 없다는 자괴감이 들기도 한다.

하지만, 그래도 나는 행복한 교사다. 언제나 내 곁에는 사랑스러움으로 무장한 아이들이 있고, 그 아이들과 오늘도 내일도 새로운 이야기를 만들어 갈 것이기 때문이다.

스스로 '나는 좋은 교사인가'를 자주 묻는다. 한 아이를 만나 그 아이를 가르치며 삶의 좋은 방향을 제시하는 교사라는 직업은 참으로 귀하고 신성한 일이다. 그래서 교사는 아무나 할 수 없고, 또 아무나 해서는 안 되는 일이라 생각한다.

아직은 많이 부족하다. 그렇지만, 매 순간 나에게 근본적인 질문을 던지며, 아이들을 존중하고자 하는 마음을 놓지 않고 나 또한 존경받는 교사가 되고 싶다. 좋은 교사는 한 인간으로서 좋은 사람이어야 하고, 나는 내가 생활하는 학교와 가정, 그리고 사회에서 좋은 사람으로 늘 거듭나고자 노력하고 있다.

이 책 속에 그러한 나의 마음과 바람을 담았다. 다양한 아이들과 함께하는 나의 일상, 아이를 좋아하고 좋은 교사가 되고 싶은 나의 고민, 그리고 한 가정의 엄마와 딸로서 내가 느끼는 감정들… 어느 것 하나 내게 중요하지 않은 것이 없는 일상의 흔적에 좋은 사람, 좋은 교사가 되고픈 나의 간절한 바람을 담아 나의 이야기를 담담히 써 내려갔다.

나의 글을 읽는 독자들에게 내가 글을 쓰는 동안 참 편안했기에 그 감정 그대로가 전해지길 바란다. 따뜻하고 사랑스러운 이야기를 통해 조금은 거친 우리의 일상에 '피식' 미소 짓는 순간이 되었으면 좋겠다.

요즘 들어 교사와 학생, 교사와 학부모의 관계에서 꽤 많은 잡음이 들려온다. 사랑을 하기에도, 또 사랑을 받기에도 벅찬 우리의 공간이 좋지 않은 이야기로 물들지는 않을까 걱정이 앞선다.

사랑이란, 자격을 갖춘 사람만의 것은 아니다. 너와 나, 차별 없이 주고받는 것이 진정한 사랑이다. 우리의 일상에 차별 없는 사랑이 가득하길 소망한다.

목차

교실 속 모글리도
자란다

무서운 1학년

난 약속 시간에 늦는 걸 좋아하지 않는다. 아니, 엄밀히 말하자면 늦을 때 느껴지는 기분 나쁜 두근거림이 싫다. 그래서 과제가 있으면 며칠 전에 미리 해놓고 과제방이 열리면 제일 먼저 올리고 속 시원해한다. 그때의 희열감을 즐긴다. 마찬가지로 아침마다 아주 넉넉히 시간을 두고 출근한다. "뭐 하러 이렇게 일찍 출근해?"라는 가족들의 핀잔도 듣지만, 학교 가서 바쁘게 수업 준비하기보다는 커피 한잔과 약간의 간식도 먹으며 천천히 오늘의 일을 생각한다. 소박한 나만의 여유를 즐기고픈 마음에서다.

하지만! 3월이 되고 나서 둘째 주부터는 이런 여유로운 아침은 고사하고 정신 쏙 빠지는 아침을 보낸 후 바로 1교시 수업을 시작한다. 첫째 주는 우리 1학년들이 학교에 적응하느라 조용했고 반에서 잘 나오지 않았다. 그러다 둘째 주가 되면서 점차 장소도 익숙해지고 호기심도 발동했는지 아침이나 점심시간마다 우리 1학년들이 사방팔방으로 굴러다니고 있다.

감사하고 안타깝게도(?) 내 앞으로 굴러오는 아가들이 너무 많다. 내 자리에 앉자마자 1분이 지나면 두세 명이 가까이 다가온다. 눈에는 함박웃음을 담고 안아달라고 팔을 벌리며 가까이 온다. 나는 본능적으로 팔을 활짝 펼쳐 안아준다. 그럼 자연스럽게 아이들은 줄을 서고 나는 모든 아이들을 따뜻하게 안아준다.

얼마나 아름다운 장면인가!

그러나 그 줄은 끝날 줄을 모른다. 다음 아이들이 오고, 또 다음 아이들이 오고… 정신 차리고 보니 예비종이 울리고 있다. 나는 정신없이 수업 준비를 하고 한숨을 쉰다. 금세 수업 종이 울린다. 아기 냄새 폴폴 풍기며 오는 우리 아기들이 참으로 귀엽지만… 참으로 무섭기도 한 1학년이다.

내 삶의 비타민!

아침마다 찾아오는 1학년 귀염둥이가 있다. 얼굴이 하얗고 키 (신장) 번호가 1번인 조그마한 아가다. 이 아가는 말이 얼마나 많 은지 "선생님 안녕하세요?" 하고 나면 전날 무슨 일이 있었는지 숨도 안 쉬고 말하는 스타일이다.

언젠가 4일간 일본에서 연휴를 보내고 여독을 풀지 못해 퉁퉁 부은 얼굴로 출근했다. 역시나 아이들은 쉬지 않고 내 자리로 와서 어딜 놀러 갔다 왔는지, 뭘 했는지 등등 이야기하느라 시 끌벅적했다.

아이들이 한바탕 쏟고 돌아간 뒤, 5학년 아이 둘이 와서 조곤 조곤 수다를 떨고 있었다. 그때 이 조그마한 아가가 찾아와서는

"저는 바다에 놀러 갔는데 배 위에서 아빠가 어쩌고저쩌고…"
하며 쉬지도 않고 3분가량을 이야기했다. 나와 5학년 아이들은
멍한 얼굴로 귀여운 아가의 이야기를 듣고만 있었는데 한참을
들어도 말이 끊어지지가 않았다. 말이 너무 빠르고 발음이 새서
내용을 알아듣기도 힘들었다.

듣고 또 듣고 있는데 한참을 조용히 있던 5학년 남자아이가
입을 열었다.

"어휴, 랩 하는 줄 알았네"
"하하하하하하하"
"크크크크"

속으로만 생각하고 있었는데 5학년 아이의 말에 우리 셋이 똑
같은 생각을 했다는 걸 알았다. 정작 말하던 아가는 무슨 소린
지 모르고 "네?"라고 하며 눈알만 굴렸다. 피곤한 연휴 끝 아침
부터 아이들은 큰 웃음을 주고 떠났다.

역시 아이들은 내 비타민이다!

"넌 없어서는 안 될 존재란다"

매일 오전 8시 40분, "선생니임~~~" 하며 들어오는 녀석이 있다. 이 아이가 학교 오는 목적의 반은 나를 보러 오는 것이지 않나 싶게 5년째 거의 매일을 이렇게 찾아온다.

저학년일 때는 너무 귀여워서 웬만하면 거의 받아줬고 이야 기도 들어주었다. 그래서 그 아이의 집안 사정과 매일의 일들에 대해 어느 누구보다 잘 알게 되었고, 부모님의 직장이나 휴직 상황까지도 본의 아니게 알게 될 정도였다.

가끔은 "○○아, 여기까지는 안 알려줘도 되는데…"라고 해도 아이는 막무가내로 "괜찮아요. 이런 거 말해도 돼요"라고 하며 또 시작하는 거다. 정말 순수함의 끝판왕!

중학년이 되면 좀 차분해질 거라는 예상과는 달리 아이는 말이 더 많아졌다. 가끔은 일을 하기 어려울 정도여서 아이를 자중시킬 필요가 있었다. 그래서 엄하게 말을 줄여달라고 부탁하기도 했다. 그래도 아이는 너무나 해맑게 "네!" 하더니 다음 쉬는 시간에 와서 변함없는 모습을 보였다. 행여 친구가 없어서 나한테 오는 게 아닌가 싶어 염려스러운 마음도 있었는데, 다행히 마음 맞는 친구들이 있었는지 어느 때는 친구들과 함께 와서 와글와글 떠들고 가기도 한다.

이런 아이가 4일째 잠잠하다. 가족여행으로 일주일간 제주도를 갔기 때문이다. 첫날은 너무나 조용해서 솔직히 좋았다. 집중해서 일도 할 수 있었고, 세상 조용하다는 말이 어떤 의미인지 알 수 있었다. 둘째 날도 좋았다. 그런데 살짝 허전한 기분? 그래도 좋았다. 셋째 날이 되면서 이상야릇하게도 조용한 게 별로인 듯, '뭐야, 나 왜 이래'라며 이해되지 않는 마음이었다. 넷째 날이 되면서 허전함이 온몸을 감쌌고 난 그 아이가 몹시도 보고 싶었다. 떠들어도 좋으니까 빨리 왔으면 싶었다.

다시 월요일 아침 8시 40분! "선생니이이임~~" 하며 아이는 손을 흔들고 들어온다. 나는 배시시 웃음이 새어 나온다.

'그럼 그렇지!'

아이는 내 허전했던 마음을 물리치기라도 하듯 쉴 새 없이 제주도 이야기를 늘어놓기 시작한다. 고맙게도 나에게 주려고 작은 초콜릿 하나를 들고서 말이다. "선생님, 이 초콜릿은 말이죠…"

이 시끄러움이 싫지 않으니 나도 정상은 아니다. 아무래도 이 아이에게 가스라이팅을 당한 듯하다. 하하!

온몸으로 자장면을 먹는 아이
"조금 천천히 커 주렴"

　나는 점심으로 급식을 먹기도 하고 도시락을 싸 와서 먹기도 한다. 어느 날, 도시락을 싸 와서 다 먹고 일을 하고 있는데 저학년 작은 아가가 찾아왔다. 가까이 다가오는데 아이가 입은 하얀 티의 가슴 부분에 갈색 얼룩무늬가 잔뜩 묻어 있었다. '이게 뭔가?' 하고 자세히 보니 자장면 얼룩 같았다.

　"너 자장면 먹었지?" 하니, 씨익 웃으며 고개를 끄덕거렸다. 급식에 자장면이 나오는 날이었던 모양이다.

　가슴만이 아니었다. 아가의 팔 여기저기며 어깨까지 얼룩 천지였고 나는 '혹시?' 하는 마음에 아이의 마스크를 살짝 내려 보고 폭소를 터트렸다. 입 주변에 묻었을 거라 생각하고 내려 본

건데 입은 물론이고 코부터 턱까지 온통 갈색 수염이 나 있다. "푸하하하, 아가야 자장면을 입으로 안 먹고 온몸으로 먹은 거야?" 하며 눈물을 흘리며 웃었다.

요 작은 아이는 나름 쑥스러웠는지 조용히 나갔다 들어오더니 자기 입을 삐죽이 보여 준다. 그사이, 입을 씻고 와서 깨끗한 얼굴을 자랑할 요량이었다. 그런데 입만 깨끗하지 턱 주변은 갈색 수염이 더덕더덕했다. 그 모습에 나는 물티슈로 포동포동한 얼굴을 닦아 주며 배꼽을 잡고 웃고 또 웃었다. 너무 귀여워서!

그 후 시간이 얼마나 지났을까? 오늘은 급식으로 스파게티가 나왔다. 아이들은 이런 날을 손꼽아 기다렸다가 점심시간이 가까워지면 초흥분을 한다. 마치 스파게티를 한 번도 안 먹어 본 것처럼.

점심시간이 끝나갈 무렵, 작은 아이가 다가왔다. 지난번 자장면을 온몸으로 먹었던 기억이 나서 아이를 살피니 역시나 교복여기저기가 주황빛으로 물들어 있었다. "오늘도 몸으로 스파게티 먹었구나?" 하고 물으니 아이는 마스크를 자신 있게 내리며 귀여운 목소리로 "아니요. 입으로 먹었어요"라고 한다.

얼굴이 말끔한 게 아주 깨끗했다. "어? 왜 이렇게 깨끗해?" 하니, 아가는 씨익 웃으며 "휴지로 입 닦고 왔어요. 지난번엔 휴지

가 어디 있는지 몰랐어요"라고 하는 것이다. 아기가 이제 좀 컸
나 보다. 휴지로 입도 닦고 묻으면 부끄럽다고 느끼니 말이다.

아가야, 선생님은 네가 온몸으로 자장면 먹었을 때가 그리울
것 같다.

너무 빨리 크지 말고, 천천히 커 주렴.

우리 강아지들이 건넨 마음

종종 내 얼굴을 보러 오는 예쁜이들이 있다. 아침에 와서 5분 가량 조잘조잘 이야기를 하기도 하고, 춤을 추거나 노래를 불러 주기도 하는 사랑스러운 아이들이다. 아침마다 이 아이들 덕에 좀 덜 피곤한 하루를 시작할 수 있다. 가끔은 내가 먼저 아이들을 마음속으로 기다리고 있을 때도 있다.

며칠 전 아침에 이들 중 한 아이가 조그마한 쇼핑백을 들고 나타나 내 책상 위에 올려놓았다. "이게 뭐야?" 하고 물으니 "선생님이 좋아하는 커피예요"라고 한다. 열어 보니 새것인 맛있게 보이는 커피 상자가 들어 있었다.

"이게 웬 거니?"

나는 다시 물었다.

"선생님 드시라고요. 커피 좋아하시잖아요. 그래서 집에서 가져왔어요"라며 해맑게 이야기했다.

나는 웃으며 "어머님이 보내신 거야?"라고 물었다.

"아니요, 엄마가 사 놓고 안 먹길래 제가 들고 왔어요"

"뭐라고?" 나는 놀라 큰 소리로 말했다.

"그럼 엄마 건데 물어보지도 않고 가져온 거야?"

아이는 여전히 해맑게 "네에" 하며 큰 소리로 대답했다.

나는 혼란스러웠다. '이걸 보내야 하나, 말아야 하나?'

아이는 내 표정을 보며 안다는 듯이 "괜찮아요. 엄마가 안 먹는 거예요. 엄마가 가져가도 된다고 허락할 거예요"라고 말했다. 그 옆에 있던 다른 아이의 말은 더 가관이었다. "선생님 괜찮아요. 지난번 양갱은 아빠 건데 제가 몰래 가져와서 드린 거예요. 엄마가 아빠 거니까 괜찮다고 했어요"

아이고 아가들아, 너희 마음은 알겠는데 부모님 간식을 훔쳐와서 나를 주는 건 아니지 않니?

어떻게 구해 오는 것인지는 다 알 수는 없지만, 이렇게 내게는 따뜻한 마음을 건네는 강아지들이 많다. 한때는 이런 일도 있었다.

코로나가 한창일 때 아이들은 늘 마스크를 쓰고 있어 얼굴을 제대로 알기가 쉽지 않았다. 더군다나 1학년은 이름표가 접혀 있거나, 여자아이들은 머리로 이름표를 가리고 있어 이름을 다 외우기도 어렵다. 점심시간에 급식실에서 1학년의 맨얼굴을 보면 '누구지?' 하며 한참을 생각하기도 했다. 그래도 귀여운 눈매와 눈빛은 마스크로 가릴 수 없을 만큼 사랑스럽다.

복도에서 1학년들과 마주칠라치면 우다다다 뛰는 걸음새와 "안녕하세요?"라고 인사하는 하이톤의 목소리에 어느새 나는 침을 질질 흘릴 만큼 연신 큰 웃음을 짓고 있다. 화가 날 때나 우울할 때, 장담하건대 1학년 아이들은 치료제가 된다. 거기에 정신도 함께 사라지는 건 서비스.

수업이 끝나고 잠시 쉬는 시간, 다음 수업 준비를 하느라 분주한데 교실 끝에서 무언가가 움직이는 듯해서 눈을 들었다. 작은 여자아이가 기둥 뒤에서 얼굴의 반만 내보이며 나를 지켜보고 있었다. (밤이었으면 약간 무서웠을 듯!)

쭈뼛쭈뼛하며 서 있길래 "선생님한테 할 말이 있니? 이리 와 봐"라고 하니 기다렸다는 듯 나에게 얼른 다가왔다. 평소에 조용하던 아이여서 왜 그런지 내심 궁금했다.

아이는 조용히 나에게 다가와 아무 말 없이 가방을 뒤적뒤적하더니 조그만 손으로 주먹을 내밀었다. 그 속에는 막대사탕 하나가 놓여 있었다. 이 사탕을 주려고 뒤에서 나를 그리 바라보고 있었던 거다.

"와 선생님이 이 사탕 진짜 좋아하는데 어떻게 알았어?"
아이는 "제가 좋아하는 거예요"라고 한다.

자기가 좋아하는 그 사탕을 나에게 주기 위해 집에서부터 소중하게 가져와 기다려 준 아이를 보니 기운이 난다. 아이의 마음을 느끼니 일의 보람을 느낀다. 솔직히 사탕을 좋아하는 건 아니지만, 이건 꼭 간직해야지!

나는 이토록
예쁜 사랑을 받고 있었어!

　나이가 들며 자연스럽게 흰머리와 친구가 되었다. 다행인 건 나이에 비해 흰머리가 천천히 조금씩 나고 있다. 그래도 제법 길어져 검은 머리 밖으로 기어코 나오는 몇 가닥이 있어 눈에 띈다. 몇 개를 뽑다가 '이러다 대머리 되는 거 아냐?' 하는 생각에 뽑기를 그만두고 흰머리와 동행하기로 했다.

　그런데 나와 동행하는 이 흰머리를 결코 봐주지 못하는 아이들이 있다. 두 명의 여자아이인데 일찍 등교해서 아침마다 문안인사를 한다. "안녕하세요? 오늘은 흰머리가 어디 있을까요?" 하며 슬금슬금 다가와 일하고 있는 나의 뒤에서 머리를 스캔한다. 유독 왼쪽 귀 뒤에 흰머리가 모여 있는데 이걸 놓칠 리가 없다. 아이들은 발견하는 순간 "찾았다!"를 외치며 신나 한다. 아마 나의 흰머리가 이들에게 카타르시스를 느끼게 하나 보다. 이리 즐거운 걸 보면.

길어지기까지 나와 함께했던 소중한 긴 흰머리는 못 뽑게 했더니, 이제는 짧은 흰머리를 찾느라 여념이 없다. 짧은 흰머리는 어떻게든 살아 보려고 구석구석 숨어들지만, 아이는 짧은 손톱으로 잘도 뽑아낸다. "선생님, 우리 엄마는 흰머리 뽑으면 500원 주는데!"라고 한다. 나도 질세라 "난 네 엄마가 아니란다" 하고 받아친다.

그래도 고맙다. 나에게 관심을 주고, 흰머리까지 뽑아 주는 정성 어린 학생이 있기에 오늘도 힘이 난다.

몇 년 전에는 이런 일도 있었다. 쉬는 시간에 한 아이가 손에 무언가를 꼭 쥐고 와서 나에게 건넸다. 맛있게 생긴 두툼한 햄버거 젤리였다. "영어 시간에 선생님이 잘했다고 주셨어요. 선생님 드리고 싶어서 뛰어왔어요" 하면서 씨익 웃는 것이다.

그 모습이 너무나 귀여워 평소 젤리를 먹지 않는 나는 호들갑을 떨며 "어머 너~무 고마워. 잘 먹을게" 하며 자그마한 젤리를 입에 쏙 넣었다. 두어 번 씹는데 입속에서 '뚝' 하는 소리가 났고 오른쪽 위의 잇몸이 허전했다. 이 세 개가 한꺼번에 부러진 것이다. 결국 큰돈을 들여 임플란트를 했고 1년여의 인고의 시간을 보냈다. 그 이후, 아이러니하게도 젤리의 맛에 빠져 가끔 젤리를 먹었고 젤리의 종류도 꿰고 있다.

어느 날, 옆에 있던 선생님이 신상 젤리라며 선물했고 나는 학생들에게 나누어 주고 나도 몇 개를 집어 입에 쏙 넣었다. "얘들아, 세상에서 제일 맛있는 젤리를 발견했어"라고 소리치며 두어 번 씹었다. '두둑' 하는 소리와 함께 입 속에 무언가가 떨어졌다. 임플란트한 이가 빠진 것이다. 수업을 해야 하는데 마음이 심란하고 슬프기까지 했다.

"얘들아, 선생님 이가 빠진 것 같아"라고 하니 아이들의 얼굴이 사색이다. "선생님 괜찮으세요?" 하며 굳은 얼굴로 묻는다. 물론 이 와중에도 "하하하, 이가 빠졌대"라며 신이 난 아이들도 몇 있었다. 내 얼굴이 심상치 않음을 보고 "선생님, 저희가 할 수 있어요. 저희한테 시키세요" 하며 내 마음을 헤아려 준다.

아이들의 마음이 위로가 되어 수업을 잘 마쳤고, 나의 '이'에 사람들이 괜한 관심이 생길까 해서 아이들에게는 소문내지 말라고 입단속을 시켰다. 다행히 빠진 임플란트는 큰일 없이 끼우기만 하면 되었다.

학교에 출근하니 아이들이 우르르 내게로 온다. 소문내지 말라고 했다고 대놓고 말하지는 않고 마스크 위의 눈과 손짓으로 괜찮냐고 물어본다. 나는 고개를 끄덕대니 아이들이 안심하는 눈치다.

　주말 내내 걱정하며 기도했다고 말해 주는 아이들, 나는 이런 사랑을 받고 사는 교사다.

너희들을 보니
내가 사는 것 같구나!

방학 3주 동안 여름학교에서 수업하고 1주간 필리핀으로 봉사활동을 다녀오니 방학이 딱 한 주가 남았다. 마지막 한 주라고 생각하니 아쉬운 마음도 크고 해서 정말 하루하루를 너무나도 소중하게 보냈다.

평창으로 가서 부모님께 맛있는 것도 사 드리고 함께 주변의 예쁜 카페들을 탐방하며 그간 잘해 드리지 못했던 미안함을 덜어 냈다. 냇가에 발 담그며 좋은 공기 마시는 것도 로망이었는데 그 소원도 충분히 풀었고, 오일장에 가서 감자전을 먹고 졸리면 낮잠도 잤다.

'아, 얼마나 해 보고 싶은 여유로운 삶인가!'

아침에 일어나면 엄마가 해 주는 소박한 밥상이 좋고 내 마음대로의 하루를 보낼 수 있어 좋았다. 그런데 시간이 갈수록 내게 주어진 한 주의 여유가 점점 사라져 가는 것이 내심 불안해하기도 했고 출근 날짜가 다가오니 배도 살살 아파 오는 것 같았다. 출근 전날 밤, 한숨이 절로 나왔다. 무기력한 나에게 '일 안 하고 살 방법이 없을까?' 하는 쓸데없는 질문도 던졌다.

드디어 출근! 평소에도 그랬듯 일찍 출근해서 할 일들을 총알같이 처리하고 있었다. 한 무리의 5학년들이 찾아와서 "안녕하세요?" 하며 한바탕 춤을 추고 갔다. 마치 방학은 없었던 것처럼, 어제도 보고 오늘도 보던 사이인 것처럼 신나게 까불었고 나는 박장대소하며 아이들의 재롱을 귀여워했다. 다시 저학년 아가들이 쉬지 않고 찾아와 밀린 수다들을 폭포처럼 쏟아 냈다. 멍해진 정신의 나는 어느새 아이들을 무릎에 앉히고 아이들의 한가운데서 이리저리 밀리며 좋아하고 있었다.

이후 쉬는 시간마다 아이들이 찾아와 인사를 하고, 나는 반가운 마음으로 아이들을 맞이했다. 잠시 정신을 차린 뒤 '역시 나는 아이들을 보는 게 참 신나는 일이구나!' 하고 깨달았다.

아가들아! 너희들을 보니 비로소 내가 사는 것 같구나. 잠시 무기력했던 내 모습을 반성한단다.

파리가 꼬이는 미모

나는 예쁘다.

아이들이 나를 향해 늘 예쁘다고 말해 주기 때문이다. 학기 초에 자기소개 시간이 있는데 나는 나를 모델링해서 먼저 소개한다. 그러면 아이들이 발표할 때 가이드가 있어 훨씬 편하게 말할 수 있다. 그럴 때 귀에 쏙쏙 들어가라고 "나는 그냥 독서논술 선생님이 아니야. 아주 예쁜 독서논술 선생님이지"라고 소개한다. 그러면 아이들은 우습다고 깔깔대고 좋아한다.

그다음부터 아이들은 아무렇지도 않게 "세상에서 가장 예쁜 선생님~"이라고 나를 부르고, 나 또한 아무렇지 않게 "응 왜 부르니?" 하고 대답한다. 여기에서 '예쁨'이라는 의미는 전혀 존재하지 않고 둘 다 호칭 정도로 생각하며 부르고 답한다.

하지만 이 대화가 교실 밖으로 나가게 되면 완전 분위기는 달라진다. 아이들을 데리러 오신 학부모님이라도 계실라치면 내 얼굴을 보시는 부모님들의 강렬한 시선에 아이들의 부르는 소리에도 고개도 들지 않고 허겁지겁 지나가 버린다. 그리고 아이들에게 "얘들아, 제발 부탁인데 교실 밖에서는 나를 '세상에서의 세' 자도 부르지 말아 줄래? 선생님 진짜 창피하단 말이야!" 하며 애원한다. 하지만 우리 꾸러기들은 그럴수록 밖에서 더 큰 소리로 나를 "세상에서 가장 예쁜 선생님!"이라고 부르곤 한다.

어느 날, 교실로 왕파리 한 마리가 들어와서 수업 시간 내내 날아다니고 "왱~"하는 소리와 함께 내 머리에도 앉아서 수업 분위기를 깨고 있었다. 나는 안 되겠다 싶어 이 파리를 잡기로 했다. 손으로는 못 잡으니 쿠션으로 흔들며 잡으려 했으나 요 녀석은 만만치 않았다. 그렇게 파리와 씨름하고 있는데 한 아이가 큰 소리로,

"선생님이 예뻐서 파리가 보려고 들어왔나 봐요!"
"푸하하하하"

살다 살다 파리가 꼬일 만큼 예쁘다는 소리는 처음 들어 본다.

짝사랑 아닌 서로 사랑

스승의 날 아침 출근길, 일찍 출근하는 나보다 아이들이 먼저 와서 머리에 카네이션 모양의 띠를 두르고 길을 만들어 박수를 쳐 주었다. '왠지 기분이 으쓱한걸!' 하며 교실로 들어갔다. 가방을 내려놓자마자 눈에 익은 아이가 쓱 들어왔다. '누구지?' 하며 몇 초의 시간이 지난 뒤, "어머 어머 어머, 너 웬일이야? 학교는 어쩌고 여길 왔어?" 소리 높여 아이를 마주했다. 이 아이는 6년 내내 나와 붙어살다가 2월에 졸업한 졸업생이었다. 아이는 깜짝 파티를 위해 동생의 교복을 입고 가방도 찾아 메고 선물과 카드를 들고 등장한 것이다.

아이를 보니 너무 반가웠다. 내가 아이를 그리워했던 만큼 아이도 나를 그리워하고 있다는 걸 느낄 수 있었다. 중학교에서 스승의 날을 자유 휴업일로 정해 아침 일찍 찾아올 수 있었다며 몇 개의 과자들을 포장하고 곱게 쓴 편지를 내밀었다. 이 아이를 만날 수 있게 해 준 스승의 날이 참 고마웠다.

1교시부터 아이들은 학교를 돌며 카네이션 배지를 달아 주고 노래를 불러 주는 이벤트를 진행했다. 쉬는 시간이면 여러 명씩 편지를 들고 찾아와 "선생님 축하드려요, 사랑합니다"를 외치며 고백했다. 편지도 편지지만 아이들이 자기들의 입으로 사랑을 표현해 주니 얼마나 감사한지, 이것도 중요한 교육이라 생각했다.

불쑥 들어와서 나를 위해 춤춘다며 한바탕 난리를 치고 나간 다섯 명의 아이들, 안마 쿠폰을 선물로 주며 억지로 내 어깨를 꼬집다 나간 아이들, 자신들의 이벤트에 어떤 생각이 드는지 인터뷰하며 영상을 찍는 아이들, 카드를 들고 뛰어 들어와 안아 달라고 조르는 1학년 아가들 등등 코로나19 기간이 끝난 뒤 아주 오랜만에 느끼는 스승의 날의 감동이었다.

점심시간, 6학년 남자아이가 조용히 들어와 나에게 조심스럽게 물었다.
"선생님, 혹시 내일 점심시간에 시간 있으세요?"
"왜?"
"오늘은 바이올린을 안 가져와서 못 할 것 같고, 내일 점심시간에 바이올린 연주를 해 드리고 싶어서요"

나는 또 감동해서 "와 너무 신난다. 어쩜 그런 생각을 했어?" 하며 좋아했다. 다음 날이 기대된다. 스승의 날이 있어 이런 선물을 받을 수 있으니 얼마나 좋은가!

식사를 끝내고 내려와 잠시 커피를 마시는데 어느 분이 조용히 교실 문을 열더니 "이영자 선생님 계신가요?" 하신다. "전데요?" 하니 손에 들고 있던 꽃바구니를 전해 주셨다. 지도하는 독서 동아리 중 '버지니아 울프와 밤을 새다'에서 보내 주신 선물이었다. 영화에서만 보던 '직장에서 꽃바구니 받아 보기'를 실현하는 순간이었다. 이런 영화 같은 일을 경험하게 해 주신 분들께 너무 감사했다.

고등학생이 된 남자아이 둘이 찾아와서 성적 고민을 하며 내내 한숨만 쉬고 돌아간 뒤, 고1이 된 제자가 인스타로 연락이 왔다. 만나고 싶다고 내 시간을 물어 오는 것이었다. 학교로 오면 맛있는 떡볶이를 사 주기로 하고 약속을 잡았다. 찾아온 학생들 하나하나에 과자 하나씩을 쥐여 주며 그리움의 단맛을 해갈했다. 그리운 이들을 만나는 이날이 좋다.

다음 날, 출근해서 내 자리에 가니 책상 위에 아이들의 편지와 꽃과 작은 선물들이 어지럽게 늘어져 있다. 이 편지와 꽃과 선물은 사랑의 표현이고 존경의 의미라고 생각한다. 마음에 벅차오르는 무언가가 있었다.

'아, 나만 이리 사랑한 게 아니구나. 나 혼자 짝사랑한 게 아니라, 우린 서로 사랑했구나'

내 사랑을 알아 준 아이들에게, 그리고 마음으로 받아 준 이들에게 감사하고, 나도 사랑받고 있음을 알게 해 주어 나는 스승의 날이 좋다.

선생님 안녕하세요?
스승의 날이라 인사드려요!
찾아뵙고 싶었는데 제가 재수 중이기도 하고, 수술을 해서 움직이는 게 조금 불편해서…
올해는 문자로 연락드려요!
성인이 된 지금까지도 선생님께서는 저에게 언제나 그늘 같은 스승의 모습이세요.
학창 시절을 돌아보면 항상 한 챕터로 선생님이 남아 계셔서
지금의 제가 더 충만한 사람으로 성장할 수 있었던 것 같아요.
지금의 제가 더 성숙하고 지혜로운 사람으로 가는 길을 걸을 수 있도록 도와주셔서 감사합니다.
저도 선생님의 자랑스러운 제자로 언제나 남을 수 있도록 노력할게요!!
내년에는 학교도 잘 가고 건강해져서 뵐게요.
언제나 감사합니다!
사랑해욥!!

칭찬으로 진짜 고래를
춤추게 한 이야기

2학년 2학기쯤 전학 온 아이가 있다. 이 아이는 유치원도 다녔을 거고, 다른 곳에서 학교도 다녔을 텐데 정말 질서감이라고는 하나도 없었다. 그냥 정글북에 나오는 늑대가 키운 모글리 같은 느낌이 드는 아이였다. 다른 선생님들도 한동안 이 아이로 인해 웅성거렸다. 수업마다 집중은 고사하고 알 수 없는 행동을 하고, 교사의 말은 무시하기 일쑤니 어려운 아이일 수밖에 없었다.

나는 작업에 들어갔다. 이런 친구들은 칭찬에 약하다. 물론 칭찬은 고래 같은 아이도 춤추게 한다지만, 요런 친구들은 평소에 칭찬을 들은 경험이 적었을 테니까 칭찬 공격을 하면 어느 정도 개선할 수 있으리라 생각했다.

아이의 머리는 늘 위로 뻗쳐 있다. 밤마다 머리를 감고 바로 자나 보다. 자그마한 아이의 머리가 하늘로 치솟아 있는 모양새는 무척이나 귀여웠다. "○○아, 머리가 뻗쳐서 너무 귀여운데?" 하고 말하니 아이는 자기 머리를 쓰다듬으며 쑥스러워한다. 자유로운 영혼을 가진 아이는 글씨도 자유롭다.

"와우, 넌 글씨도 어쩜 이리 귀엽니? 선생님도 너처럼은 못 쓰겠다"

아이가 내내 딴짓하다 잠깐 바로 앉았을 때, 나는 그 순간을 놓치지 않고 "○○이는 수업 태도가 완전 멋지다. 별 한 개!" 등등 아이는 칭찬의 굴레 속에서 허덕거렸다. 얼마 후, 이 아이는 나를 보러 매일 들르게 되었고 점심시간이나 쉬는 시간이면 기둥 뒤에 숨어 나를 바라보고 있었다. 나는 활짝 웃어 주면 그만이었다.

아이가 3학년이 되었다. 여전히 다른 학생들에 비해 자유롭고 영혼도 맑았다. 그런데 아이가 독서 부장이 하고 싶다고 도전하는 거다. 한 반에 여자와 남자 각각 한 명씩 수업 시간에 선생님을 도와주기 위해 독서 부장을 뽑는다. 독서 부장의 조건은 학습 태도가 모범적이며 모든 과제를 잘해 와야 하는 것이라 좀 까다롭다. 그런데 이 아이가 하고 싶다고 손을 들더니 다른 아이들과 가위바위보에서 이겨 독서 부장이 된 것이다.

수업에 관심도 없던 아이가 독서 부장이 된 걸 보며 대견스럽기도 했지만, 이 아이에게 가르쳐야 할 것이 많아져 심란하기도 했다. 드디어 첫 번째의 과제가 정해졌다. 《리디아의 정원》이라는 칼데콧 상을 받은 도서로 수업을 하고, 칼데콧 상을 받은 책 3권을 읽고 독서 감상문을 써 오는 것이었다. 아이는 그날부터 매일 도서관을 수시로 가서 칼데콧 상을 받은 도서를 찾느라 난리였다. 결국 3권을 찾아내 읽고 과제를 모두 해 왔다. 당연히 나는 입에 침이 마를 정도로 엄청 칭찬을 했다.

아이는 지금도 저 기둥 뒤에서 나를 바라본다. 나는 활짝 웃어 준다. 그러면 아이는 자기도 웃으며 손을 올려 자기 머리를 쓰다듬은 뒤 나간다. 지금은 뇌와 마음이 맑은 아이지만 이 아이는 자랄 거고, 맑은 뇌에는 아이의 생각들로 가득 찰 거고, 마음에 담겨지는 무언가로 아이는 성장할 거다. 서서히 변해 가는 이 아이로 인해 학교의 기쁨 하나가 늘어났다. 아마 내일도 하늘로 뻗은 머리를 하고는 기둥 옆에 서서 나에게 인사하겠지.

칭찬으로 진짜 고래를 춤추게 했으니, 오늘은 나에게도 칭찬 한마디!

그리고 선생님은 언제나 너를 사랑한단다.

도긴개긴

    1학년 때부터 유명한 개구쟁이 아이가 있다. 산만함은 기본이고 다른 학생들과의 트러블도 잦아서 선생님들이 이 아이로 인해 고민이 많았다. 다른 학생들의 부모님으로부터 항의 전화도 여러 번이다 보니 이 아이의 부모님도 상담하러 종종 학교로 오시곤 했다. 2학년이 되어도 여전한 모습에 선생님들은 난감한 일이 한두 번이 아니었다.

    2학기가 되어 아이의 반에 새로운 전학생이 왔다. 그런데 이를 어쩌나. 전학생은 이 아이보다 한 수 위였다! 수업 집중도가 낮고 자꾸 딴소리를 하거나 괴성을 지르기도 하고 필요 없는 리액션으로 수업의 흐름을 끊어 놓기 일쑤였다. 또 수업내용을 잘 이해하지 못해 질문이나 활동지 발문에 제대로 답을 하지 못했다. 줄을 서서 나가는 것도 아이는 불편해 보일 정도로 기본생활 습관이 정립되지 않은 모습이었다.

　다행히 개구쟁이 아이는 2학기가 되어 예전보다 수업 태도나 교우관계가 좋아지고 칭찬을 받기도 하는 등 변화가 있었다. 무엇보다도 자기 스스로 잘하고 싶어 하는 욕심이 생겨서 배우고자 하는 의욕도 있었다. 아이의 작은 변화에 우리는 응원하며 기특해했다.

　어느 날 수업을 하다가 개구쟁이 아이 눈에 전학생의 태도가 눈에 거슬렸는지 한심해하는 표정을 지으며 "쯧쯧, 저 아이 때문에 큰일 났네" 하며 뒷목을 잡더란다. 그 모습을 상상하다가 눈물을 흘리며 웃고 또 웃었다.

　'도긴개긴'이 이때 쓰는 말일 텐데, 우리 아가는 알려나 모르겠다.

　우리 개구쟁이들아, 선생님은 하루하루 성장하는 너희들을 언제나 따뜻한 마음으로 지켜보고, 응원하고 있단다!

미운 구석과 이쁜 구석

학교에서 늘 아이들과 지지고 볶다 보면 세상 모든 아이가 다 사랑스럽게 느껴질 수는 없다. 아이의 말과 행동에 감정이 상하기도 하고, 그러지 않으려고 노력해도 미운 감정이 샘솟기도 한다.

고학년 디베이트 시간이었다. 평소에는 수업 분위기를 깰 만큼 시끄러운 아이가 입론을 발표하는데 너무 작은 소리로 말해서 아무도 듣지 못하고 있었다. 다른 때는 시끄럽게 떠드는 개구쟁이가 여러 번 크게 말하라고 주의를 주어도 발표 시간이 끝날 때까지 같은 자세였다.

난 기분이 상했다. 글도 반밖에 써 오지도 않은 데다 목소리를 크게 해 달라는 나의 말은 듣지도 않고 실실 웃으며 모기만 한 목소리로 시간을 다 채우는 아이가 괘씸했다. 목소리를 깔고 눈빛을 세우고 아이를 매섭게 꾸짖었고 다음 수업을 이어 갔다.

수업 마치는 종이 울리고 아이와 단둘이 남아, 아이에게 나의 기분에 대해 찬찬히 설명했다. 그런데… 아이가 우는 거다. 여러 선생님을 골탕 먹이고 주의를 주어도 들은 체도 안 하며 오히려 키득거리기로 유명한 그 아이. 수업 때마다 소극적인 자세로 늘 뒤편에서 장난만 치던, 웬만한 꾸중으로는 눈도 깜짝 안 하던 그 아이가 우는 거다.

내심 당황했지만 나의 마음과 기분에 대해 기승전결 깔끔히 설명했다. 그리고 아이의 이야기를 들었다. 그럴 생각이 아니었다고 하는 아이에게 오해해서 미안하다고, 하지만 다음부터는 오해의 여지를 만들지 않도록 수업 시간에 적극적인 자세를 부탁했다. 그리고 마지막으로 할 말이 있는지 물었다.

눈에 힘을 주고 고개를 끄덕이길래 무슨 말을 하려고 그러나 속으로 살짝 긴장했다. 뭐냐고 물었는데 답이 없다. 얼마나 중요한 이야기를 하려고 이렇게 뜸을 들이나 싶어 더 집중하며 조용히 기다렸다. 한참을 가만히 있던 아이의 입에서 조그맣게 "죄송해요"라는 말이 들렸다.

생각지도 못한 말과 아이의 마음에 난 긴장을 풀었다. 서로 오해한 것이니 네 잘못이 아니라며 도닥이고 보냈다. 키는 나보다 크고, 변성기는 와서 아저씨 목소리가 나는 아이가 눈물을 뚝뚝 흘리다 사과하고 가니 '아이는 아이구나' 싶다가도 마음 한편이 아린다. 자식 혼내고 돌아서며 느끼는 마음 같았다.

이 아이와 비슷하게 3년 전부터 나를 계속 골탕 먹이는 녀석이 하나 있었다. 학습 태도도 엉망이고 숙제는 말할 것도 없이 거의 해오지 않는다. 그래도 여기까지는 괜찮다. 지적받을 때마다 옅은 미소를 보이며 웃는 그 얼굴이 정말 싫다. 초등학생인데도 나를 우습게 여기는 듯한 표정과 몸짓이 꽤 불쾌하다.

그런데 요 녀석이 지난주 수업 시간에 크게 떠들어 주의를 받고 잘하겠다 약속하더니, 이번 주엔 모둠 과제를 혼자만 안 해서 모둠원 아이들을 불편하게 만들었다. 하지만 전혀 반성의 기미가 보이지 않고 장난기 어린 몸짓으로 생글생글 웃으며 들어왔다.

몹시 괘씸해서 이참에 아이를 제대로 야단해야겠다는 마음이 들었고, 아이를 남겨 이미 했어야 하는 과제를 모두 하게 했다. 큰소리를 내진 않았지만 싸늘한 눈빛과 냉정한 말투로 시종일관 아이를 무시하듯 연기했다.

옆에서 과제를 하고 있는 아이를 일부러 보지는 않았지만 마음은 내내 불편했다. '내가 쓴 기분이 안 좋을 단어 때문에 마음이 상했을까?' 하는 염려도 있었지만 티 내지 않고 각자의 일을 했다. 얼마간 시간이 흐른 뒤, 내가 책상 위의 작은 상자를 쳐서 떨어뜨렸고 '와장창' 요란한 소리가 났다.

갑자기 이 아이가 벌떡 일어나더니 책상 뒤로 돌아가 떨어뜨린 물건들을 척척 줍는 것이 아닌가! 난 진심 너무 놀랐다. 이 아이는 근 3년간 어떡하면 미운 짓을 할까? 연구하는 아이였는데 시키지도 않은 물건들을 줍는 이쁜 행동을 하는 게 신기했다.

같이 주우면서 내 마음은 참으로 간사하게 싹 풀어졌고 고운 눈으로 바뀌었다. 좀 더 시간이 흐른 뒤, 아이에게 "선생님은 말이야 어떤 마음이냐면" 하면서 말문을 열었고 나의 깊은 마음에 대해, 그동안 아이에게 느낀 부분과 앞으로 살면서 아이가 갖춰야 할 부분들을 조언했다.

시작은 냉랭했으나 끝은 아름답게 매듭지었다. 역시나 세상에 다 미운 아이는 없다. 미운 구석이 있는 아이만 있을 뿐, 다시 말하면 모든 아이에겐 이쁜 구석이 다 있다는 말이다.

에고, 매일 미운 구석은 눈감고 이쁜 구석만 찾는 이쁜 선생님이 되고 싶다.

학교에 업혀 오던 아이

지금 내 앞에 6학년이 되어 졸업할 날이 얼마 남지 않은 아이가 앉아 있다. 이젠 제법 예비 중학생티가 나는지 수염도 거뭇거뭇 나고 변성기라 목소리도 남자 목소리가 나려고 한다. 그렇지만 여전히 내 눈에는 아기로 보인다.

6년 전, 2교시 수업을 열심히 하고 있는데 갑자기 교실 앞문이 벌컥 열리고 한 할머니가 아이를 업고 들어오셨다. 놀란 나는 눈이 동그래져 "누구신가요?" 하고 물었다. 할머니는 아이를 내려놓으며 "에고 아기 밥 먹이느라 늦었습니다" 하시며 아이를 내 쪽으로 미셨다.

이게 이 아이와 나의 첫 시작이었다. 보다 보다 학교에 아기처럼 업혀 온 아이는 처음 봤다.

그 당시 방학 중 열린 수업이라 간식이 제공됐는데 아이는 빵 봉지도 혼자 뜯지를 못하고 내가 뜯어 주기를 기다렸고, 빵 하나를 분해해 책상과 바닥에 늘어뜨렸다. 나는 도와주지 않았고 대신 아이 스스로가 다 치울 때까지 기다렸다. 정리가 끝날 때까지 꽤 오랜 시간이 필요해서 그냥 내가 하는 게 사실 더 편했을 거다. 그러나 이 아이에게는 이런 생활 습관 지도가 시급했고 이게 이 아이를 도와주는 최선이라 생각했다.

6년 내내 아이는 거북이처럼 자랐다. 혼자 할 수 있는 것들이 거의 없었고 다른 친구들이 늘 도와주는 게 일상이었다. 나는 친구들의 도움 없이 혼자 하도록 유도했지만, 정해진 시간이 있기에 결국에는 선생님이나 친구들의 도움이 항상 필요했다.

저학년 때는 어리니까 그렇다 치더라도 고학년이 되고 나서도 늘 처졌고 무언가를 완성하려면 다른 아이보다 두 배 이상의 시간이 필요했다. 손이 많이 가는 학생인 데다 자기 고집도 있어서 썩 좋아할 수가 없었다.

6학년이 되고 나서는 가끔씩 수업 시작하자마자 대뜸 웃고 싶은 마음이 드는지 재미없는 농담을 던지며 수업 분위기를 깨기도 했다. 아이들은 맥락 없는 유머에 야유를 보내기도 했고 나는 아이를 이해해 보려고 노력했다. 행동은 여전히 굼뜬데 이제 좀 컸다고 나를 떠보는 건가 싶기도 했다.

그래서 나도 '내가 해야 할 일은 내가 끝낸다' 하는 생각을 먼저 가지라고 야무지게 꾸짖기도 했다. 그런 아이가 이제 졸업을 앞두고 있다. 진짜 물가에 내놓은 아기 같다. 어찌나 내 속을 여러 번 뒤집었는지 이 아이는 잊지 못할 것 같다.

지금 앉아서 나름의 노력으로 진지하게 뭔가를 하고 있는데 그 모습이 또 귀여워 피식 웃음이 나온다. 업혀서 온 게 엊그제 같은데 이제 스스로 걸어 나갈 시간이 코앞이다.

이 아이가 중학교에 잘 적응하기를, 늘 덤덤하게 자기 페이스를 고집하는 그 모습 그대로 주위 환경이 휘몰아치더라도 느리지만 자기 길을 끝까지 가기를 축복한다.

아이야, 너 또한 나에게 사랑스러운 제자였음을 기억해 주렴.

맑고 순수한 생각에
날개를 달 수 있다면

나는 학생들의 수업 태도를 위해 '칭찬 별'과 '경고 별'을 사용한다. 4학년 이상이면 거의 쓸 필요가 없이 스스로 학습 태도를 만들어 가지만, 저학년일 경우는 이 별의 효과가 크다. '칭찬 별'이 세 개일 경우 작은 간식이나 명예장을 받을 수 있고, '빼기 별'이 세 개일 경우는 내 옆에 앉거나 수업 후에 남아야 한다. 상과 벌이 확실해야 저학년 학생들은 편안해하고 확실히 수업 집중을 잘한다(하지만 고학년은 상벌보다는 교사와의 친밀도와 신뢰도가 더 영향력이 있다).

바람이 몹시 불던 어느 봄날, 1학년을 수업하고 있는데 창밖으로 나뭇잎이 요란스레 봄바람에 흔들리고 있었다.

우리 교실의 창밖으로는 두 그루의 큰 나무가 보이는데 사시사철의 계절을 보여 준다. 나는 이 조그만 창문의 풍경이 참 소중하다. 봄이 되면 봄바람에 나뭇잎이 흔들리는 게 당연하지만 계절의 변화를 보고 듣게 해 주는 나무가 참으로 기특하다. 봄이 되니 어김없이 연두 잎사귀를 틔워 준 것이 고맙기도 했다. 거기다 흔들리며 '사라락' 소리까지 들려주니 마치 살사춤을 추는 것만 같았다.

"와, 봄바람에 나뭇잎이 엄청 정신없이 흔들리네. 나뭇가지까지 춤을 추고 있어"
나는 나무를 보며 별생각 없이 이야기했다.

그랬더니 모든 아이들이 창밖으로 시선을 보내며 자기들도 "와~"하며 신나 했다(원래 1학년은 별거 아닌 거에도 탄성을 지른다). 그때 맨 앞에 앉은 아주 조그마한 아가가 손을 번쩍 들었다. "왜?" 하고 물으니,

"선생님, 봄바람한테 빼기 별 하나 주세요. 나무한테 장난쳤잖아요"라고 말한다.

난 그 순간 "으하하하하~"하며 박장대소했다. 생각지도 못했던 너무 귀여운 이야기라서 허리를 숙여 가며 웃음을 멈출 수 없었다. 이래서 아가들을 천사라고 부르나 보다. 어쩜 이런 생각

을 할 수 있는지, 아무리 공부를 한다 한들 이런 생각을 할 수 있
을까? 이 작은 천사의 말 덕분에 잠시나마 너무 행복한 시간을
보낼 수 있었다.

어쨌든, 봄바람 너 빼기 별 하나!

넌 참 멋지구나

　아이들과 생활하다 보면 그들의 창의적인 발상에는 맑은 순수함과 어른들이 잊고 살았던 무언가가 담겨 있다는 걸 종종 깨닫게 된다. 3년 전부터 시를 쓰기 시작했는데, 짧은 글 속에 '내 마음 한편을 넣어 둔다'라는 짜릿함에 틈틈이 썼고 아이들에게 몇 편을 소개하기도 했다.

　시를 써서 코팅해서 책갈피로 만들어 아이들에게 칭찬 선물로 주기도 했는데 생각보다 꽤 인기가 좋았다. 나의 시를 선물받은 한 아이가 자기가 쓴 시를 보여 주고 싶다고 했다. 들고 온 시는 공책 한 권에 가득했고 읽다가 깜짝 놀랐다.

술래잡기

나는 술래다
하지만 좋지 않다
친구들이 나를
찾아주지 않으니까

나는 숨는다
그래서 좋다
친구들이 나를
찾아주니까

숨는 자가
찾는 자보다
더 좋다.

3학년 아이가 이런 깊은 내용을 시로 표현할 수 있는 것인지. 나도 모르게 깊은 감탄과 함께 폭풍 칭찬을 했다. 이런 시를 짓게 된 아이의 생각을 묻기도 하고 언제부터 쓰게 되었는지, 쓰고 난 뒤 어떤 느낌인지 등등 아이와 문학에 대해 이런저런 이야기들을 나누었다. 마치 친구랑 대화하는 성숙한 느낌이 드는 학생이었다.

공부

학생은 공부를
싫어해한다
답을 찾는 과정은
어른이 되는 과정이니까

하지만 그 과정을
소중히 여기면
그 과정은
누구보다 빛난다

그리고 그 과정을
끝내면
우리의 과정에
가치가 나타난다.

'가치'라는 표현에 다시 한번 소름 돋게 감탄했고 이렇게 시 두 편을 선물로 받았다. 그러면서 계속 시를 쓰는 작가가 되어도 좋겠다고 응원했다.

"시가 아주 특별하단다. 그러니 앞으로 더 쓴 뒤에 어린이 작가로 등단해도 좋겠구나. 나만 보기가 아까우니 책으로 만들어도 좋을 것 같다. 어머님과 상의해 보렴"

나의 칭찬에 아이는 흐뭇해하며 돌아갔다.

아이의 시각이지만 어른인 나에게도 느끼는 바가 컸다. '술래 잡기'에서는 아이 때는 숨는 자가 더 좋을지 모르지만, 지금의 나는 나를 찾는 게 싫을 때가 더 많기에 차라리 술래가 더 좋다. 그리고 남이 숨어도 나는 찾고 싶지 않다. 이런 내 마음을 나에게 들켜서 속으로 뜨끔했다.

'공부'에서는 나는 아직도 답을 찾는 과정에 있기에 '가치는 언제쯤 알게 될까?' 하는 생각, '나는 어떤 과정을 위해 살고 있나?' 하는 생각, 순식간에 머리를 치고 많은 생각이 떠올랐다. 어린아이의 시를 읽고 나의 삶을 반성하고 있는 나를 바라보고 있자니 빙그레 웃음이 났다.

며칠 뒤, 아이가 다시 찾아와서 하는 말 "선생님, 엄마가 책 만드는 건 돈이 많이 든대요. 그래서 안 된대요"라고 한다. 나는 "괜찮아, 네가 커서 네 책을 만들면 되는 거지. 선생님도 그럴 거란다"라고 하니 아이가 다시 미소를 짓는다.

아이야. 우리 둘 다 멋진 작가가 되어 보자.

"너는 특별하단다"

고학년 때 전학을 온 아이가 있다. 이 아이는 좀 특이하다. 보통 고학년이 전학을 오면 잠시 주눅이 들어 있거나, 관찰하는 기간은 조용히 있는 게 대부분이다. 가끔은 또래 집단에 들어가지 못해 한 해 정도를 혼자 돌아다니기도 해서 안타깝기도 하다.

그런데 이 아이는 그러지 않았다. 전학 온 첫날부터 무지 튀었다. 키는 작고 몸은 왜소한데 목청은 어찌나 큰지, 이 아이가 어디 있는지 알 정도다. 말은 얼마나 많은지 종일 수다에 수업 시간에는 발표하고 싶어 엉덩이가 근질근질하다.

특이한 것은 이 아이의 수다에는 늘 주제가 있고, 그 주제는 변화무쌍하다. 처음에는 잘 몰랐는데 아이와 대화하는 시간이 반복되다 보니 아이를 관찰할 수 있었고 이 친구의 생각과 표현 방식에 대해 분석할 수 있었다.

이 친구는 또래에 비해 배경지식이 훌륭했다. 하나를 이야기 할 때 다양한 지식들을 끌어와 뒷받침하며 나에게 이야기를 들려주었다. '우주선'에 대해 이야기를 하자면 과거의 우주선부터 현재의 기술이 어디까지 발달했는지, 나라별로 어떤 우주선을 개발하고 있는지 등을 알려 주었다.

역사를 이야기하자면, 보통 아이들은 인물이나 사건을 알면 수동적으로 아는 것에 그치는데 이 아이는 그 인물을 파악하고 자기 나름의 평가까지 한다. 그리고 나의 의견을 묻고 자신의 평가가 맞는지 내가 피드백해 주기를 원한다. 역사적 사건 하나를 배우면 그 사건의 원인을 다시 분석해서 무엇이 문제였는지, 어떻게 바꾸면 다른 결과를 얻을 수 있는지 스스로 생각하고 다시 나에게 온다.

귀엽게도 나에게 토론을 하자고 덤비는 날도 있다. 처음에는 '살짝 봐줄까' 했으나 이 아이는 감당을 할 수 있을 듯해서 나 또한 팽팽하게 대립했다. 첫날은 아이가 완패하여 억울해하며 갔으나 또 찾아와 다시 시작! 나를 이기지는 못했지만(내가 져주지도 않았지만) 그 아이는 계속해서 도전했고 아이는 조금씩 더 성장해 나갔다.

사실, 이런 학생은 처음이다. 대부분 학생들은 수업 시간일 때도 고개를 숙이거나 '어떻게 하면 발표를 안 할 수 있을까?'를 고민하는데 이 아이는 수업뿐 아니라 쉬는 시간이나 다른 시간을 이용해서라도 자기가 원하는 것들을 배워 갔다. 그러다 보니 다른 아이들의 눈에도 이 아이는 매력적으로 보였고 기존 아이들이 그 아이의 곁으로 다가가는 것을 보았다. 심지어 후배들도 이 아이를 좋아해서 "형" 하며 다가간다.

분명 이 아이는 특별했다. 그리고 자신이 특별하다는 것은 알고 있었다. 다시 생각하자면 우리는 모두 특별하다. 어느 한 부분 안 특별한 사람이 어디 있을까? 특별해서 좋기도 하고 특별해서 싫기도 하지만 우리는 모두 특별한 사람이다. 그것을 아느냐, 모르느냐의 차이가 이 아이와 다른 아이의 차이 아닐까? 나의 특별함을 알고 내가 그것을 좋아해 주고 타인 앞에서도 부끄러워하지 않는 것, 이 아이를 통해서 배운다.

"전 중학교 가서도 선생님 보러 매주 올 거예요"라는 뻥을 치고 아이는 졸업했다. 그러나 진짜 한 달도 안 되어 학교로 찾아왔다. 아이의 얼굴을 다시 보는 것만으로도 나에게는 선물이었다. 국제중에 입학해서 힘든 수업 과정일 텐데도 아이는 "괜찮아요, 재미있어요"라고 한다. 그러면서 다시 시작한 수다… 이 아이는 어딜 가도 잘할 거라고 믿는다.

이 아이도, 나도… 우리 모두는 특별하다.

독서의 무게

로버트 뉴턴 펙의 《돼지가 한 마리도 죽지 않던 날》이라는 책이 있다. 중학교 필독 도서로 저자의 자전적 소설이다. 서정적인 문체로 미국 개척기 때 청교도인으로 사는 한 가족의 이야기다. 주인공 로버트는 이웃집의 소가 새끼 낳는 것을 도와줘서 돼지 새끼 한 마리를 얻는다. 로버트는 애지중지 돼지를 가족처럼 키운다. 도축업을 하는 아버지는 어느 날 겨울이 오기 전 식구들이 먹을 것이 없어 돼지를 잡게 되고 로버트는 상처를 받는다. 이후 아버지는 병에 걸려 돌아가시고 남은 가족을 로버트는 부양하게 된다.

이 책은 마치 아주 어릴 적 손꼽아 기다리며 보았던 영화 〈초원의 집〉을 떠올리게 했다. 덕분에 책의 시대적 배경을 상상하는 데 도움이 되었다. 특히 아버지가 돌아가시는 장면을 읽다가 눈물을 뚝뚝 흘리며 볼 만큼 감정이입을 하며 의미 있게 읽은 책이다. 속편인《하늘 어딘가에 우리 집을 묻던 날》에서는 로버트의 성장기에 대해 자세히 그려진다. 그래서 고학년이나 중학생들에게 이 책을 종종 권하곤 한다.

한 주간 이 책을 읽어 오라고 과제를 내주고 독서 토의를 하던 날이었다. 한 아이가 "저는 아빠가 돌아가실 때가 너무 슬펐어요" 하며 이야기를 시작했다. 나는 내심 '그럼 그렇지, 나랑 비슷하구나'라고 생각했다.

그러나 나머지 아이들은 이구동성으로 "저는 돼지를 죽일 때가 가장 슬펐어요. 어떻게 기르던 돼지를 죽일 수가 있어요? 아빠가 죽은 건 벌 받은 거예요"라며 화를 냈다. 한 권의 책을 읽어도 이렇게나 관점의 차이가 크다. 그래서 이어지는 독서 토의는 더욱 흥미로웠다.

나는 아이들에게 돼지를 죽일 수밖에 없었던 아버지의 마음에 대해 이야기했다. 가정을 책임지는 것, 가장이라는 이름으로 그들의 끼니를 해결하는 일이 얼마나 어렵고 부담스러운 일인지에 대해 설명하니 아이들은 고개를 끄덕인다. 아이들은 아이들의 입장만 알 뿐, 부모가 되어 본 적이 없기에 막연한 수긍을 한다. 나 또한 엄마는 되어 봤지만, 아빠는 못 해 봤으니 아버지라는 이름의 무게감은 잘 모른다.

이 책을 통해 아이들과 독서 토의를 하면서 서로의 입장을 이 야기 나누고, 나는 아이들의 마음에 아이들은 나의 마음에 한 발 더 내디뎠다. 서로를 대화로 이해하고 입장을 받아들여 주는 우리는 참 귀하다.

또 다른 날은 아이들과 게일 실버의 《화가 났어요》라는 책으 로 독서 수업을 했다. 틱낫한 스님이 추천한 책이라 더욱 유명 해진 그림책이다. 이 책은 독특한 일러스트와 내용을 담고 있는 데, 화가 난 아이가 자신의 화와 만나 마음을 다스리는 방법에 대해 알아가는 과정을 그린 내용이다. 살짝만 건드려도 터질 것 같은 화를 가지고 있는 아이들이 많은 요즘, 의미 있는 책이라 생각한다.

이 책을 읽고 아이들과 '화'에 대한 이야기를 나눴다. 아이들 대부분이 '화를 내는 것은 좋지 않은 것'이라 생각했다.

그렇지 않다. '화를 내는 것은 지극히 당연한 것'이지만 그 '화 를 다스릴 줄 모르는 것'이 나쁜 것이다. '화를 내는 것'은 기쁠 때 웃는 것과 같은 자연스러운 감정이다. 이것을 아이들에게 나 쁘다는 개념으로 오해하게 만들어선 안 된다. 혹여 화를 억누르 는 오류를 만들 수도 있기 때문이다.

이런 이야기들을 하고 나서 아이들에게 "화가 난 사람에게 추천하고 싶은 책을 선정해 보라"는 미션을 주었다. 아이들은 제법 진지한 표정으로 도서관을 둘러보고 고민하며 책을 골라 왔다. 한 명씩 왜 그 책을 선정했는지 이유를 발표했는데, 듣는 나는 아이들의 어른스러운 모습에 적잖이 놀랐다.

대부분의 책이 '가족'을 주제로 한 내용으로《돼지책》,《행복한 우리 가족》,《우리 엄마》,《괜찮아 아빠》 등이었다. 아이들의 말이 "가족을 생각하면 행복하잖아요. 그래서 아무리 화가 나도 가족 생각을 하면 기분을 풀 수 있어요"라는 것이다.

그렇구나. 아이들에게 가족이란 가장 행복한 것이구나. 게임도 스마트폰도, 친구도 아닌 가족이 가장 행복을 주는 존재임에 감사했다.

아이들이 고른 책 중에는《된장찌개》라는 책도 있었는데 이유는 할머니의 된장찌개를 먹으면 행복하다는 남학생의 대답이었다. 역시 남자아이들은 먹는 게 중요한데 여기서도 할머니의 음식에 대한 그리움이 아이 안에 이미 자리 잡고 있었다.

그 외에 추천한 책으로는《너처럼 나도》,《안녕》,《세상에서 가장 따뜻한 극장》,《붕어빵 장갑》,《완벽한 사과는 없다》 등이다.

어린 나이인데도 자기의 화에 대해 생각하고 타인을 위해 책을 추천하며, 그 이유까지 야무지게 발표하는 이 아이들을 가르칠 수 있어 감사하다.

행복한 교사, 행복한 아이들

3학년 학생들과 황선미 작가의《나쁜 어린이 표》로 수업을 했다. 내용 파악이 끝나면 '주인공인 건우는 학교에서 불만이 무엇일까?'라든지 '선생님은 왜 건우에게 나쁜 어린이 표를 주었을까?', '나쁜 어린이 표는 필요할까?' 등의 발문에 각자 생각하고 서로 토의를 한다. 토의 후에 활동지를 주면 발문에 맞는 글쓰기를 진행한 뒤, 그중 아이들의 생각이 드러나 있는 것으로 발표를 하기도 한다. 이번에는 '내가 선생님이라면 어떤 선생님이 되고 싶은가요?'라는 질문의 글로 발표를 진행했다.

사실 이 발문에는 여러 의미가 담겨 있다. 아이들이 교사에게 느끼는 감정을 들여다볼 수 있고, 좋은 점뿐만 아니라 싫어하는 부분과 바라는 부분들이 자연스럽게 녹아져 있어 아이들의 소리에 귀 기울일 필요가 있었다. 아이들은 자못 심각하게 글을 썼고 꽤 많은 양의 글을 어렵지 않게 쓰는 모습을 보았다. 아마도 평소에 생각하던 것들이라 퍽 어렵지 않은 모양이었다.

3학년 네 개 학급의 아이들이 수업 시간 내에 모두 발표하도록 했는데 아이들은 자기들이 진짜 교사라도 된 양 진지하게 발표를 했다. 귀 기울여 들으면서 생각지도 못한 내용들이 들어 있어 놀랐다.

첫째는 아이들이 엄격할 때는 엄격한 선생님이 되고 싶다는 것이다. 마냥 놀게 해 주고 운동하게 해 줄 선생님을 선호할 것 같은데 "칭찬할 때는 칭찬을 하고 잘못했을 때는 따끔하게 야단을 쳐서 다시는 그러지 못하게 할 것이다"라고 여러 아이들이 발표하는 것이다. 와, 아이들도 알긴 아는 거다. 좋기만 한 선생님이 좋기만 한 건 아니라는 것을. 야단을 치는 것도 사랑의 다른 방식인 것을 말이다.

두 번째로 놀라운 것은 "이렇게 하면 아이들도 행복하고, 선생님도 행복해지게 된다. 서로가 행복해지면 좋은 학교생활이 될 수 있다"라고 말하는 것이다. 자기들이 바라는 것만 잔뜩 말할 줄 알았는데 선생님도 행복해야 한다고 생각하는데 '와, 3학년이 이런 생각을 하다니!' 하며 놀라움에 감탄이 나왔다. 나는 대뜸 "너희들은 어떻게 이런 생각을 할 줄 아니? 대단하다" 하며 칭찬했다.

정말 그렇다. 학생들만 행복해서는 행복한 학교가 이뤄지지 않는다. 행복한 교사가 행복한 가르침을 줄 수 있다. 간혹 이것을 모르는 학부모님들이 있는데 우리 아가들은 알고 있어 감사했다.

아이들의 생각을 파악하기 위한 학습이었는데 내가 감동받을 줄 몰랐다. 마냥 아기 같지만 그 속에 들어가 보면 어른이 떡 하니 앉아 있을 때가 있다. 그 어른으로부터 교사인 나도 배움을 얻는다.

40초 스피치는 떨려요!

　학기 말이 되면 학생들과 반드시 하는 것이 'speech'이다. 말하기의 한 방법으로 순발력과 사고력, 구성력이 필요하다. 제일 필요한 것은 자신감이다. 수업을 시작하면 말하기 주제를 발표하고 나서 학생들이 생각할 시간을 주기 위해 교사가 먼저 시연한다.

　학생들은 스피치를 한다고 한 순간부터 이미 얼굴은 긴장으로 어두워지고 시끌벅적하던 분위기는 숙연해진다. 보통 처음으로 발표하는 학생은 긴장한 탓에 발표를 제대로 못 하는 경우가 대부분이라 쓱 둘러보고 말하기를 좋아하고 자신감 넘치는 학생을 1번으로 하게 한다. 처음 나온 친구가 발표를 잘하면 그다음 학생이 좀 편안해하기 때문이다.

이번 발표 주제는 '방학 동안 가장 인상 깊은 일'이다. 40초 스피치를 시작하기 전, 주의할 점에 대해 설명했다. 첫째는 자랑하는 내용은 하지 않는 것, 아이들은 간혹 생각 없이 자신이 어딜 갔고 무엇을 먹었고 무엇을 샀는지에 대해 자랑처럼 이야기할 때가 있다. 상대적으로 그렇지 못한 학생들은 불편해지기 때문에 조심할 필요가 있다. 두 번째는 소리와 말의 속도 조절이다. 크지도 작지도 않게, 빠르지도 느리지도 않게 말하는 것을 연습해 둘 필요가 있다.

이제 발표 시작! 아이들은 "안녕하세요? 저는 ○ ○ ○ 입니다. 제가 방학 동안 가장 기억에 남는 것은~" 하며 떨리는 목소리로 자기소개를 한다. 그러나 어떤 아이는 "음…"만 하다가 40초를 다 보내기도 하고 어떤 아이는 "저는 방학 동안 이 책을 읽었는데 줄거리는~" 주야장천 줄거리만 말하다가 40초를 넘기기도 한다. 개중에는 의미 있었던 감상을 말하는 아이도 있는데 듣고 있던 아이들도 멋지다 느끼는지 발표가 끝나면 손뼉 치며 "오~"하면서 인정해 준다.

대부분 여행을 갔거나, 학원에서 있었던 일 또는 친구와의 추억을 이야기한다. 나름 행복했던 기억이기에 아이들은 주제로 선정하고 발표하는 데 다시 한번 추억을 회상하며 말로 정리하는 능력을 키울 수 있다.

다른 사람 앞에서 발표하는 것이 긴장되고 어렵지만 한두 번이 어렵지 10번이 넘어가면 크게 어려워지지 않기에 무엇이든지 연습과 훈련이 필요하다. 꼭 리더일 필요는 없지만 나의 생각을 바르게 표현하는 것은 꼭 필요한 기술이다.

그래서 오늘도 "자, 준비, 시작!" 하고 외치며 타이머를 켠다.

선생님이 안아 줄게

필통 하나

수년 전에 있었던 일이다. 그때의 나는 교육청 파견 강사로 일하며 서울시의 초·중·고를 다니며 특강을 하고 있었다. 적게는 한 차시, 많게는 8차시 정도로 수업했는데 보통은 4차시 단위로 강의했다. 일반적으로 교육청 프로그램을 신청하는 교사는 발 빠르고 교육열이 높은, 정보에 민감한 부지런한 담임선생님이라고 볼 수 있다. 아무래도 외부에서 손님이 오는 것이라 귀찮아할 수도 있기 때문이다.

도착한 그곳은 오래된 학교로 느낌이 웅장했다. 곧바로 교실로 찾아가 인사를 나눴는데, 담임선생님은 나를 구석으로 데려가 조용히 말씀하셨다.

"선생님 저희 반에 아픈 아이가 두 명 있어요. 언어치료 받는 아이도 한 명 있고요. 좀 힘드시겠지만 잘 부탁드려요"

얼마 전 한 중학교에서 어마무시했던 경험을 했던 터라 나는 살짝 긴장했다. 아이들이 이리저리 날아다니는 중학교에서 수업을 진행하느라 기도하는 심정으로 울 뻔했기에 자연스레 긴장이 되었고 마음의 준비를 단단히 하고 수업에 들어갔다.

시작한 지 20여 분이 지났을까, 한 아이가 빨간 사인펜으로 종이에 낙서를 소리 내어 긋기 시작했다. 아프다는 아이 중 하나였다. 나는 마음속으로 '괜찮아, 괜찮아' 하며 나를 다독였다. 좀 더 시간이 흐르니 언어치료를 받는 아이가 욕을 하기 시작했다. 틱이 욕으로 나온 경우라서 아이가 조절할 수 있는 상태가 아니었다. 나는 다시 마음속으로 '괜찮아'라고 놀라지 않으려 노력했다.

정작 나의 마음을 건드린 건 구석에 앉아 있던 조그마한 남자아이였다. 활동을 하도록 시간을 주는 동안 그 아이는 꼼짝도 안 하고 가만히 있었다. 나는 다가가서 "이거 이렇게 하는 거야. 한번 해볼까?"라고 친절하게 설명했다. 하지만 그 아이는 미동도 없었고 나는 살짝 기분이 나빠졌다. 다시 상냥하게 설명했지만 여전한 그 아이에게 "지금 내 말이 들리니? 뭐라도 해야지. 필통이라도 꺼내서 이름이라도 써야 하는 거 아니니?" 하며 화를 냈다. 결국 아이는 필통조차 꺼내지 않고 그대로 그날의 수업은 종료했다.

담임선생님과 만나 그 아이의 이야기를 전달했다. 선생님은 "어머 선생님 죄송해요. 그 아이는 부모님이 안 계셔서 할머니 할아버지랑 사는데 두 분이 힘드셔서 하나도 못 챙겨 주세요. 아마 필통도 없어서 못 꺼낸 걸 거예요"라고 했다.

난 그때부터 정신이 멍해졌다. '내가 지금 무슨 짓을 한 건가? 안 그래도 아픈 아이 마음에 소금을 뿌렸구나'라는 죄책감으로 정신이 없었다. '몰랐으니까'라고 생각해서 지나갈 수도 있었겠지만 예민한 나는 그럴 수 없었다. 일주일 뒤에 다음 수업이 있기까지 입맛도 없고 잠도 제대로 자지 못했다. 심지어 그 아이 얼굴도 잘 기억나지 않는데 꿈에서도 나타나 마음이 힘들었다. 한 주간 기도하고 '이 아이를 위해 어떻게 하나?' 고민에 고민을 거듭했다.

그 아이를 만나러 가기 전날, 우리 집에 있는 필통들을 모았다. 그중 가장 깨끗한 것으로 고르고 새것 같은 연필과 샤프, 심과 자, 형광펜과 볼펜을 하나씩 넣었다. 새것으로 사서 주면 아이가 부담스러워할까 조심했다.

다음 날 학교에 가니 그 아이가 눈에 가장 먼저 들어왔고 자연스레 줄 수 있는 타이밍을 기다렸다. 중간 쉬는 시간이 되어 그 아이를 조용히 불러 구석으로 갔다. 한 주 내내 기도했던 순간이었다.

"지난주에 선생님이 네게 화냈던 것 기억하니? 미안하다. 일 주일 동안 내내 마음에 걸렸단다. 그래서 말인데 내가 쓰는 필통이 두 개 있거든. 혹시 필요하면 한 개는 네가 가질래?" 하며 필통을 조심스럽게 건넸다.

아이는 긴장했던 얼굴을 펴며 환한 얼굴로 머뭇거림 없이 필통을 받았고 생각한 것보다 더 많이 좋아했다. 그 순간, 한 주 내내 걸려 있던 체기가 내려가는 것 같았다. 한 주 동안은 나에게 이 아이의 마음이 제일 중요했기에 아이가 마음을 풀어 주는 순간, 나의 마음도 풀어짐을 느꼈다. 그리 마음을 내어준 아이에게 너무도 감사했다. 만약 그러지 않았다면 지금까지도 나에게 죄책감으로 남아 있었을 테다.

뒤돌아서 나오며 나는 다시 다짐했다.

아이들에게 말 한마디 허투루 하지 않겠다고.
아이들을 위해서지만 결국은 나를 위해서라도 정말 조심해서 말하고 행동해야겠다고.

그 이후로 필통을 보면 으레 그 아이가 문득문득 생각이 난다.
그리고 그 아이가 외롭지 않게 잘 자라 주었기를 기도한다.

다름의 이해

난 예전에 〈슈퍼맨이 돌아왔다〉라는 TV 프로그램의 열렬한 시청자였다. 아이를 너무나 좋아하는 내가 '건후'라는 아기한테 홀딱 빠졌기 때문이다. 이 아기가 얼마나 예뻤던지, 당시 유튜브를 보지 않던 시기였는데 이 아가를 보기 위해 유튜브를 계속 보다가 배터리를 다 쓴 적도 있다. 요즘도 이 아가를 보기 위해 가끔 유튜브를 보곤 한다. 귀엽고 사랑스러운 아기의 모습을 보는 것은 나에게 너무나 큰 기쁨이었기에 건후에게 지금도 고마운 마음이다. 건후의 매력은 애교와 표정, 옹알이도 있지만 혼혈인으로 아주 예쁜 외모도 한몫했다.

얼마 전 우리 학교에 다문화 가정인 아이가 전학을 왔다. 아이의 담임선생님은 아이가 왔을 때 다른 아이들이 혹여나 놀리는 경우가 생길까 염려된다고 하며 나에게 걱정을 털어놨다. 노골적으로 교육하면 차별적 생각을 하지 않았던 아이들을 자극하는 것일 수도 있었기에 무척이나 조심스러웠다.

문득 든 생각이 있어 아이의 담임선생님한테 말했다.
"그림책 중에 《악어오리 구지구지》라는 책이 있는데 서로 다름에 대해 이야기하는 책이에요. 읽어 주시고 외모의 다름에 대해 서로의 생각을 나누면 좋을 듯해요."

선생님은 나의 조언대로 했고 다행히 전학생은 아이들의 환영을 받으며 잘 적응했다. 나 또한 이 아이를 향해 다른 전학생과 똑같은 시선으로 바라보았다. 똑같이 바라보려고 노력한 것이 아니라 이미 혼혈인은 특별하지 않다는 개념이 있기에 특별해 보이지 않았다. 예전에는 혼혈인을 특별하게 또는 차별적으로 바라봤기에 이런 사람들은 집 밖으로 나가는 것도 무서울 만큼 삶이 힘들었다고 고백하는 것을 들은 적이 있다. 실제로 어릴 때 '인순이'라는 가수를 두고 부모님이 하는 편견의 말을 들으며 놀라워했던 기억이 있기도 하다.

지금 우리가 살아가는 시대에는 우리가 포용하지 말아야 할 것들도 포용하자 해서 문제가 되고 있지만, 그래도 다행인 것은 '다르다'라는 이유로 억울하게 차별받았던 이들이 이제는 더 이상 특별하지 않다는 것이다.

나는 새로 온 전학생을 향한 담임선생님의 이런 배려가 참으로 고마웠다. 내가 이 아이의 부모였다면 이런 세심한 배려에 감사하고 선생님이 내 아이를 잘 가르칠 것이라 신뢰할 것 같다.

앞으로 더 바라는 것이 있다면 이런 배려조차 필요 없어지는 세상이 되는 것이다. 책 속 주인공 악어오리인 '구지구지'가 모든 이들의 지지 속에 자신의 정체성을 찾아 평범한 삶을 사는 것처럼 말이다.

손을 떠는 아이

　처음, 그 아이는 긴장한 얼굴로 나왔다. 침이 넘어가는 소리까지 들린다. 그러다가 손을 들더니 오른손으로 왼쪽 엄지와 검지 중간의 살을 뜯기 시작했다. 나도 긴장되기 시작했다.

　'얼른 끝내야지' 속으로 생각하며 서둘렀다. 그러는 사이, 이 아이는 몸을 흔들기 시작했고 목을 한 바퀴 돌렸다. 눈두덩이가 떨리며 몸을 더욱 심하게 떨고 있었다. 이 모든 증상이 나타나기까지 3분도 채 걸리지 않았다. 3분이 넘어가며 복합적으로 모든 증상이 한꺼번에 나타났다. 손을 뜯고 목을 돌리며 몸을 흔들었다. 그러다 소리를 내는데 목에 무언가 껴서 막힌 것 같은 소리였다.

작고 야리야리한 그 아이가 처음 학교에 온 날을 기억한다. 하얗고 귀엽게 생긴 아이는 아직은 아기 모습이었다. 다른 아이들이 뛰고 날아다닐 때도 그 아이는 조용하게 책을 읽거나 자리에 앉아서 자기 할 일을 묵묵히 하는 조금은 내성적인 아이였다. 교복이 커서 형 옷을 입은 것 같은 느낌이 들어 엄마 미소가 나오게 하는 모습이었고 말소리도 조용했다. 그럼에도 자기 할 말이나 자기 의사 표현은 확실하게 했던 것으로 기억한다.

이 아이가 각인됐던 이유는 따로 있었다. 어느 여름 방학식 날, 지인들과 베트남 여행을 가기로 했다. 퇴근하자마자 공항으로 부리나케 달려갔다. 비행기를 타고 한숨 돌리고 있는데 이 아이가 가족들과 함께 들어오는 것이 보였다. 깜짝 놀라 눈을 피했고 혹시 같은 일정과 같은 호텔일까 염려되었다. 아무래도 학부모와 함께하는 건 부담스러운 일이니까. 다행히 비행기에서 내려 다른 길로 가는 것을 보며 안도했다. 그때 엄마의 손을 잡고 가는 아이의 얼굴이 참 예뻤고 사랑스러웠다. 그 아이의 엄마가 부러울 만큼.

나만 기억하는 이 작은 일로 그 아이에게 관심이 갔고 유심히 지켜보게 되었다. 저학년 때 아이가 글을 너무도 잘 써 와서 칭찬을 했더니, 아주 진지한 얼굴로 "감사합니다" 하며 인사를 꾸벅했다. 그 모습이 어른스러워서 크게 웃었던 일도 있었고 모둠 수업을 할 때 꼼꼼히 자기 역할을 잘 해내는 기특한 모습도 기억한다. 크지 않은 목소리지만 발표할 때도 최선을 다하는, 눈에 띄지 않지만 자기 자리에서 성실하게 자기 역할을 하는 학생이었다. 퀴즈 시간에 다른 학생들은 흥분하며 난리였을 때도, 침착하게 손을 들고 기다리다 꽤 많은 문제를 맞히기도 했다.

그런데 1년 후 아이가 급격히 달라지기 시작했다. 살이 많이 빠지고 얼굴색이 창백해졌다. 가끔은 팔이나 목 등에 상처가 있었고 눈을 잘 마주치지 않았다. 그리고 무언가를 물어봐도 잘 대답하지 않고 소리는 더 작아졌다. 상처에 대해 물으면 얼버무렸고 어떤 것에도 거의 표현하지 않았다.

어느 날 진심으로 걱정이 되어 아이를 붙들고 물었다.
"어디가 아프니? 요즘 조퇴도 잦고 결석 횟수도 늘고 무슨 일이니? 선생님이 너무 걱정스러워서 묻는 거란다"

아이는 머뭇거리다 나의 진심을 느꼈는지 "아프긴 아픈데… 틱이 심해져서 병원에 다녀요. 의사 선생님이 많이 쉬어야 한대요"라고 대답했다. 난 순간 멍해졌고 예전에 '틱'에 대한 다큐멘터리를 시청했던 것을 생각하며 "그랬구나, 알았다. 선생님이 도울 수 있는 것이 있으면 언제든지 부탁하렴" 하고 아이를 쓰다듬었다.

다시 1여 년이 지났고 아이들의 글을 첨삭하는 수업 시간이었다. 1년에 4~5번 개인적으로 꼼꼼하게 고학년 글쓰기를 첨삭하는 시간을 갖는다. 6학년들도 무척이나 긴장해서 가슴을 붙들고 나오거나 손을 바들바들 떨기도 한다. 분위기를 풀고자 농담처럼 "선생님은 너희들을 잡아먹지 않아요. 떨지 마세요"라고 하면 "차라리 잡아먹어 주세요. 너무 떨려요"라며 학생들은 긴장 속에 글을 평가받는다.

이 아이 차례가 가까워질수록 내가 더 긴장되기 시작했다. 지난번에 모둠 발표라 일곱 명이 한꺼번에 발표하는 중이었는데 아이의 긴장감이 높아져 틱 증상이 나오려고 해서 마음 졸였던 적이 있었던 터라 나도 모르게 이 아이를 의식하고 있었다. 가뜩이나 아이들도 모두 긴장하는 이 시간에 이 아이는 얼마나 힘들까 싶어 이 아이만이라도 안 하고 넘어가게 하고 싶은 마음이었다.

아이는 이미 앞사람이 하기 전부터 얼굴색이 변해 있었고 긴장하는 기색이 역력했다. 나는 '칭찬만 하자. 아이가 마음 편할 수 있도록 칭찬하자'라고 결심했고, 이 아이의 글을 읽으며 칭찬할 만한 곳을 찾았다.

"와우, 이곳에 이런 문장을 쓰다니 좋은 표현인데!"
나는 활짝 웃으며 이야기했다.

그러나 이 아이는 내 목소리는 들리지 않는 듯했다. 그냥 이 자리가 너무 불편해서 힘든 듯 보였고 그것이 신체적으로 나타나기 시작했다. 나의 긴장감도 올라갔기에 얼른 아이의 글을 읽고 보내야 했다. 소리까지 내는 아이를 다른 학생이 힐끗힐끗 쳐다봤기 때문이다.

어느 정도 시간이 흐르니 아이의 증상은 가라앉았고 나의 마음도 진정되었다. 아이는 갔지만 아이의 잔상은 종일 나에게 남아 있었다. 처음에는 걱정과 염려로 가득했고 후에는 그 아이가 얼른 회복되기를 기도했다.

그러다 나도 손을 떨며 마음이 흔들렸던 과거의 기억이 떠올랐다. 그러나 지금은 다시 잘 살고 있지 않은가. 나처럼 이 작은 아이도 지금을 잘 견뎌 내면 단단한 청년으로 자랄 것이라 믿는다. 그리 자라기를 기도하며 다음 수업 때 이 믿음의 눈으로 이 아이를 바라봐야겠다.

손을 떠는 아이, 그 이후

한참을 아프던 아이가 6학년이 되었다. 2년 넘게 틱장애로 힘든 시간을 보냈다. 아이는 말라 갔고 서 있기조차 힘들었으며 결석을 밥 먹듯이 했다. 그 뽀얗던 얼굴은 상처 자국과 거뭇거뭇한 피곤으로 가득했고 말 한마디 잘못하면 아이는 그대로 쓰러질 것만 같았다. 이맘때의 아이들은 성장기라 한 주만 안 봐도 키가 커 있고 몸이 불어 있는데 이 아이는 한참을 결석하다 와도 그대로였다.

눈망울은 늘 젖어 있어서 아이를 바라보고 있자면 내 눈도 이내 촉촉해졌다. 수업 시간이면 아이를 바로 마주할 자신이 없었다. 그럼에도 신경이 쓰여 곁눈질로 아이를 계속 관찰하는데 '이 작은 아이를 어이할꼬' 하는 기도하는 마음으로 보게 된다.

손끝의 떨림과 함께 시작되는 아이의 불안이 나에게도 전해져 숨이 막히기도 했다. 언제쯤 아이가 나아질까 하며 속도 상하고 아이를 바라보는 부모님을 생각하자니 안타깝기 그지없었다.

이러던 아이가 6학년이 되었다. 그런데 아이가 수업 시간에 나에게 장난을 걸고 말대답을 하는 등 눈빛이 또렷하니 예전과 달라졌다. 자세히 묻기는 그래서 아이를 가만히 바라보자니, 살도 좀 쪘고 키도 살짝 컸고 무엇보다 아이 표정이 밝아졌다. 간간이 웃기도 했다. 아이가 웃으니 영문도 모른 채 나도 웃음이 났다. 나에게 걸어오는 모든 말들이 좋아서 괜스레 더 추근대며 말을 더 붙이고 어깨도 툭 하며 가볍게 부딪쳤다.

"어? 너 지금 나한테 도전한 거지?"라고 하며 장난을 거니 아이는 목소리에 힘을 주며 "아니거든요!" 한다.

나한테 까불어도 좋으니 이렇게만 자라다오. 하고 싶은 말 다 하고, 먹고 싶은 거 다 먹고, 학교에서 공부 안 해도 좋으니, 아이들과 신나게 놀기만 해다오. 뛰어다니고 소리도 치고, 화도 내고 배꼽 잡고 웃어도 보고, 그리 자라다오.

고생했다, 아가야! 이젠 다시 아프지 말기를. 어서 빨리 다 낫기를 선생님은 조용히 기도한다.

선생님이 안아 줄게

수업이 시작되었고 학생들은 준비된 활동지를 완성하느라 집중하고 있었다. 이 반에는 주의력 결핍 과다 행동 장애를 앓고 있는 학생이 몇 명 있어 분위기를 흐트러뜨리지 않게 주의 깊게 잘 살펴봐야 한다. 10분 정도 지났을 무렵, 맨 앞에 앉은 아이가 어려운지 표정이 점점 찡그려졌고 몸을 비틀기 시작했다. 이 아이의 집중시간이 끝나가고 있었다. 나는 얼른 아이의 옆으로 가서 앞에 앉았다.

가끔 아이는 소리도 질렀고 화도 냈었기에 그러기 전에 아이의 마음을 봐 주는 것이 중요하다. 손을 흔들며 "선생님한테 오세요" 하니 아이는 나의 눈치를 살피며 앞으로 왔다. 조그마한 아이가 약까지 먹으며 학교와 사회에 적응하기 위해 애쓰는 것이 안쓰러웠기에 나는 조용히 내 무릎에 앉히고 꼭 안아 주었다.

"이렇게 5분 동안 선생님이 안아 줄게. 그러면 기분이 좀 나아질 거야. 그러고 나서 다음 문제를 써 볼까?"
아이는 고개를 끄덕거리며 내게 안겼다.

그런데 잠시 뒤에 아이는 조그만 팔로 나를 꼭 안아 준다. 처음에는 내가 안아 주는 것이었는데 아이가 나를 안아 주는 모양새가 되었다. 내 등 쪽의 옷을 잡아서 힘껏 나를 안는 아이를 나도 힘껏 안아 주었다. 눈과 입으로는 다른 아이들을 지도하고 있었지만 아이는 너무 사랑스러웠고 이내 품속에서 꼬물거렸다.

"이제 가서 할 수 있겠어?"
"네"
"그럼 가서 다음 문제 해 보자. 잘할 수 있어"
아이는 자리로 돌아가 조용히 다음 문제의 중간까지를 별 탈 없이 풀어냈다.

아프지 말고 자라 주렴

언제부턴가 한 학년에 눈에 띄게 아픈 아이들이 2~3명은 꼭 있다. 예전에 아픈 아이라 한다면 신체 장애가 있거나 인지적·정신적 장애가 있는 것을 말했다. 하지만 요즘 아픈 아이들의 대부분은 ADHD 증상을 가지고 있다. 10년 전만 해도 학교 전체에 2~3명이었다면 지금은 한 학년에 2~3명이니 얼마나 많아진 걸까! 솔직히 코로나19보다 나는 이 질병이 더 무섭다.

ADHD 학생은 경중에 따라 다르지만, 일반적으로 수업을 하다 보면 확연하게 느껴지는 그 무언가 있다. 다른 학생들과 결을 달리하고, 마음의 수위가 아주 높거나 아주 낮거나 하는 모습이 반복되어 관찰된다. 약을 적게 먹으면 수위가 높고 좀 더 먹으면 아주 낮아진다. 이 모습이 반복적으로 나타나게 된다.

아주 작은 남자아이가 있다. 작아서 더 귀여운지 모르지만, 하는 행동도 사랑스러웠다. 교사에게는 사랑스럽지만, 친구들에게는 아니었다. 과한 행동과 위험한 행동을 서슴지 않고 하는 탓에 이 아이의 이름이 다른 이들의 입에 오르내렸다. 얼마 뒤, 부모 상담을 하며 이 아이에 대한 정보를 들었다. 아이가 ADHD를 앓고 있었고 약을 먹으면 숙면하기가 어려워 키가 크기 어렵다고 한다. 그래서 의사인 엄마가 약을 조금 줄였더니 아이의 행동이 과해진 것이다. 다시 약을 늘리겠다는 약속을 하고 가셨다. 약을 늘린 후, 아이의 행동은 눈에 띄게 조용해졌다. 조용해진 것뿐 아니라 아이는 무기력해져서 수업 중에도 누워 있고 싶어 했다. 쉬는 시간에도 자리에 앉아 움직이지 않았고 다른 활동들을 거의 하지 않는다. 교사인 나는 이 모습이 마음이 아프다.

다른 양상을 보이는 학생도 있다. 이 아이는 처음에는 조금 특이한 아이다 싶었는데 1년이 지나서 ADHD 증상이 급격히 나타났고 공격적인 성향을 보일 때마다 교실 분위기는 살벌해졌다. 조용하다가도 자신의 무언가가 올라오면 소리 지르는 것은 물론이고, 손에 닿는 것을 던지기도 했다. 더한 날은 책상 위에 올라가 스스로 위험한 행동을 하기도 했다. 한번은 친구가 자신과의 약속을 지키지 않았다고 분노하며 친구를 때려서 절친이었던 친구가 원수처럼 되기도 했다. 나도 그 아이는 좀 무서웠다. 나보다 큰 덩치인 데다 언제 변할지, 무슨 일을 저지를지 모른다는 불안함이 있었기 때문이다. 오랜 시간을 지켜보니 그 아이만의 '룰'이 있었고 약물치료와 심리치료를 병행하며 부모님께서 열과 성의를 다하며 치료하셨다. 호전되는 모습을 보이며 나아지고 있어 감사하기도 하고 마음이 아프기도 한 아이다.

앞의 두 아이는 그래도 나았다. 자신의 감정을 가림 없이 그대로 표현한다는 것은 아주 부정적인 것만은 아니기 때문이다.

몸집도 작고 얼굴도 창백하고 살도 하나도 없이 눈만 동그란 한 남자아이는 온몸이 상처투성이다. 시간이 거듭될수록 다른 상처들이 늘어나고 있다. ADHD 증상이 심해져서 틱 증상까지 더해진 상태다. 자신의 몸을 계속 자해하고 불안할수록 손의 살을 뜯어낸다. 그러다 더 심해지면 온몸을 떨기 시작한다. 아이가 앉은 책상과 의자가 힘겨운지 반복적 소리를 낸다. 우리는 그제서야 소리 나는 쪽을 바라보고 이 아이의 상태를 본다. 하지만 크게 도와줄 수 있는 것이 없다. 그 아이 스스로 이겨내고 극복해야 하는 것이다.

한번은 더 이상 마음 아파 가만히 있을 수가 없어 내 자리로 불러 조용히 숨죽이고 물었다. "아가야, 어디 아프니? 선생님이 도와줄 게 있을까?"라고 하자, 그 아이는 들릴락 말락 하는 소리로 "없어요" 한다.

난 말없이 지켜본다. 그냥, 지켜볼 수밖에 없어 눈물이 차오를 때도 있다. 그 아이가 발표하며 손을 들을 때 내 손을 가만히 그 위에 올려놓는 것, 언제든 아무 때나 내게로 오라고 말하는 것, 눈물은 감추고 따뜻한 내 마음을 긁어모아 마음의 레이저로 그 아이 마음에 쏘아 주는 것 말고는 해 줄 게 없다.

마음이 아프다. 그 어린 아가들이 왜 그리도 아픈 것인지, 짧은 세월 속에 무슨 일을 겪어 그리된 것인지 속이 상한다. 키도 작고 몸도 작으니 마음도 작을 텐데, 그 작은 마음에 좋은 것만 담아도 금세 넘칠 것을.

그 작은 몸이 떨릴 만큼, 작은 삶이 흔들릴 만큼 힘들어한다. 내 마음 아픔쯤이야 내가 해결하면 그만이지만, 그 아이의 아픔은 어찌 해결할까? 오랜 시간과 많은 경험과 수없이 깊은 대화가 어우러져서 그 상처를 소독하고 새살이 잘 나게 해 주기를. 성실하고 진실한 어른이 그 아이들의 옆을 채워 주길 간절히 바라본다.

아가야, 제발 그만 아프렴.

한부모 가정을
생각지 못했던 날

　최근에 내가 정말 좋아하는 김영진 작가의 책 중 근래에 나온 《엄마의 이상한 출근길》과《아빠의 이상한 퇴근길》로 학생들과 독서 수업을 진행했다. 요즘 맞벌이 가정이 워낙 많아져서 아이들에게는 의미 있는 시간이 될 것으로 생각했다. 책을 소개하고 내용을 모두 들려준 뒤, 아빠가 왜 퇴근이 늦어지는지, 그럼에도 아빠가 잘하는 것이 무엇인지, 나에게 아빠는 어떤 분인지 자랑하는 것까지 넣어 예쁜 발문지를 만들었다.

　학생들에게 설명을 모두 하고 뿌듯한 마음으로 일어서려는데 몸집이 좋은 귀여운 남자아이가 다가왔다. 등을 도닥이며 "무슨 일이야?" 하고 물었다. "선생님, 저는 아빠가 없어요. 제가 태어나기 전에 돌아가셔서 얼굴도 몰라요. 근데 이거 어떻게 써요?"

라고 말하는 것이다.

그 순간, 나는 멍해졌다. 순발력 좋다고 유명한 내 입은 떨어지지 않았고 잠깐의 정적이 흘렀다. 그렇다. 예상했어야 했다. 아빠 없는 아이도 있고, 엄마 없는 아이도 있다는 걸 예상하고 준비했어야 했다.

나는 초 단위의 후회와 자책을 마치고 "그렇구나, 그럼 엄마로 바꿔 생각해 볼까? 아니면 할아버지나 할머니도 괜찮고" 하며 아이에게 한참을 설명하고 이해시켰다. 그리고 돌아서는데 여전히 심장은 두근거리고 있었다.

'아이고, 이 나이에 이 경력이 되어도 심장이 두근거릴 만큼 당황하는구나! 난 언제쯤이면 모든 아이들을 예상하고 사려 깊게 배려하는 교사가 될까?'
아무도 모르게 가슴을 쓸어내렸다.

다른 교사에게 이야기하니 자신도 그런 경험이 있다며 교육과정에 나온 그대로 했는데도 아이에게 죄지은 느낌이라며 공감해 주었다. 일반적으로 부모 모두가 있는 학생들이 더 많기에 우리는 그 아이들을 대상으로 가르치게 된다. 다만 한부모 가정이나 조부모 가정의 아이들이 소외되지 않도록 신경 쓰고 배려하는 것은 교사의 재량이자 역량이라 생각한다.

일반적인 가정을 이야기하며 한부모 가정도 있음을 소개하고 그 속에서 아이들이 스스로 가정의 형태에 대해 생각할 수 있도록 여유를 주는 것이 좀 더 사려 깊은 수업이지 않을까 하는 생각을 하게 된다.

'소 잃고 외양간 고치는 격'이지만 다른 소라도 잃지 않기 위해 오늘도 난 외양간을 고치고 있다.

그 아이, 케빈에 대하여

《다섯째 아이》라는 도리스 레싱의 책을 읽었다. 보수적인 여자와 남자가 결혼한 뒤, 네 명의 아이들을 낳고 자신들의 생각대로 '행복'을 계획하며 살다가 자신들이 생각하는 정상적이지 않은 다섯째 아이를 낳은 뒤 몰락한다는 이야기다. 이 책을 통해 가족과 가정, 부모와 자녀, 어른과 아이의 관계, 바람직한 결혼과 결혼생활 등 가장 기본적이자 중요한 개념들에 대해 사유했다. 또한 간담이 서늘할 만큼의 공포감을 느끼며 읽었다.

비슷한 맥락으로 〈케빈에 대하여〉라는 영화도 봤는데 사실 한참 전부터 보고 싶었지만, 이 영화의 우울감이 두려워 보지 않고 미루고 있었다. 영화 내내 현실적인 공포감을 느끼며 긴장하며 시청해야 했고, 영화가 끝나고도 그 여운에서 빠져나오기 쉽지 않았다.

자유로운 여자가 의도치 않은 임신으로 가정을 만들고 아들을 낳는다. 그 아들을 자신의 방식대로 최선을 다해 사랑하려고 노력하는 엄마, 사랑이 부족해서 엄마를 끊임없이 괴롭히는 아이. 보는 내내 무슨 일이 일어날까 조마조마했고 무서운 마음마저 들었다. '엄마 역할의 기준과 아이 필요의 기준은 과연 맞출 수 있는 것인가?'에 대한 고민으로 마음이 어려웠다.

한 아이가 있다. 작고 어린아이인데도 세상 다 산 아이 같다. 눈은 공허하고 구름처럼 떠도는 느낌이 드는 그런 아이다. 어디에도 마음을 붙이지 않고 수업에도 관심이 없다. 처음에는 아이를 뭐라도 시켜 볼 요량으로 조금이라도 자극하면, 소리를 지르고 큰 소리로 울며 떼를 썼다.

이 아이의 문제는 무엇일까? 시간이 조금 지난 뒤 이 아이에 대해 들을 수 있었는데, 엄마의 무관심과 방치가 문제였다. 같은 형제가 있는데 그 위의 형제에게는 엄마가 사랑을 듬뿍 주고 이 아이에게는 방치에 가까운 무관심으로 양육하고 있다는 것이다. 그 소리를 들으니 처음에는 아이의 엄마에 대한 비난의 소리가 마음에 가득했다.

그러나 '이 아이가 케빈이라면?, 아이의 엄마가 최선을 다하고 있지만 그것이 아이의 성에 차지 않는 결과인 거라면? 나는 과연 비난할 수 있는가?' 하는 생각이 든다. 이 아이에게는 교사의 모습보다는 징징거리는 편한 친구의 모습으로 다가가는 것이 좋을 듯싶었다.

수업에 늦게 들어오는 아이에게 "왜 이제 와, 너 기다리다 눈이 빠질 뻔했잖아"라든가, "선생님은 네가 너~무 보고 싶어", "넌 왜 이렇게 귀엽니?" 등 말을 건네고 손을 잡아 주고 머리도 쓰다듬고 볼록 나온 배를 간질이며 장난을 쳤다.

시간이 흘러 이 아이는 좀 성장했고 학교생활도 적응했다. 많이 좋아졌지만 여전히 상담실에 자주 가고 말수는 적고, 학습에 별 관심이 없다. 그러나 친구와 대화를 나누기도 하고, 수업에 늦어 내가 혹여 기다릴까 하며 급히 들어오기도 하고, 다른 이에게 관심을 가지기도 한다. '타인과의 관계'에 대해 생각하기 시작했다는 것은 상당히 고무적인 현상이다.

이 아이는 케빈이 아니기에 아이의 다른 미래를 기대한다.

내가 그 아이를 위해
해 줄 수 있는 일

나는 학교에서는 초등교사로, 교회에서는 중학생 교사로 일하고 있다. 20살 때부터 교회 교사로 봉사하면서 참 많은 아이를 다양하게 경험했다. 그 덕에 아이들을 가르치는 능력을 기를 수 있었다. 학교 교사일 때보다 교회 교사일 때가 아이들과 훨씬 더 가깝게 밀착되어 있다. 학부모님과도 수시로 통화하고 자주 만나서 이야기도 나누기에 아이를 함께 키우는 느낌이다. 학생들과도 격의 없이 수시로 만나거나 통화하며 가끔은 친구같이, 때론 선배같이, 때론 부모 같은 관계를 맺는다.

예전에는 아기들이 있는 부서에서 아기와 부모님, 미취학 아동들, 1~3학년 아이들, 4~6학년 아이들을 만났고, 지금은 중학생들을 만나며 가르친 지 28년이 넘어가고 있다. 다양한 연령을 만나 봤지만, 이 중 단연 중등 학생들이 제일 힘들면서도 보람 있다. 울기도 숱하게 울고 기다림에 지쳐 좌절도 했다. 교사로서의 자괴감에 괴로워도 하고 능력 없음에 후회도 많았다. 그런 세월을 견디며 지금까지 왔다.

그런데 오늘, 작년에 우리 반 학생이었던 아이가 아프다는 소식을 들었다. 너무 아파서 약을 먹어야 할 정도란다. 작년 이 아이로 인해 속이 상해서 운 적이 한두 번이 아니었다. 내가 심리를 공부한 사람이었으면 좋았겠다고 생각했고 전문 상담사가 아니어서 미안했다.

내가 도울 수 있는 건, 기도해 주고 사랑해 주고 아껴 줄 수밖에 없었다. 그럼에도 이 아이는 뿌리부터 썩고 있었다. 나도 느낄 수 있을 만큼 아이는 아파하고 있었다. 그러나 부모님은 완강했고 내가 섣불리 움직일 수 있는 일이 아니었기에 아이를 안아 주기밖에 달리 할 게 없었다.

그런 아이가 이제는 몸도 마음도 아파서 약물치료를 해야 한다고 연락이 왔다. 그토록 완강했던 어머님은 울먹거리며 아이의 상태를 말씀하셨고 아이가 먹는 약이 많아 약물치료를 안 하고 싶다고 하신다.

나는 또 내 능력 없음이 한탄스럽다. 흔들리는 부모를 잡아 주고 어떻게 해야 한다고 깔끔하게 결론 내어 해결 방법을 알려 주고 싶지만, 이쪽으로는 나도 아는 게 없어 도울 방법을 모른다.

자신도 우울증약을 먹고 있는지라 어머님이 누굴 이끌 수 있는 상황이 아니라서 가슴이 더 답답했다. 어머님도 도움이 필요한 사람인데 아이가 이러니 울기밖에 더 하랴! 마음이 너무 아프고 아프다. 청소년 우울증에 대해 알아보고 연락을 드리겠다 말씀드리고 전화를 끊었다.

이 가정을 위해 간절한 마음으로 기도한다. 어머님이 부디 마음을 회복해서 굳건히 잘 세워지기를, 그래서 아이의 디딤돌이 되어 아이가 기댈 수 있기를, 아이가 마음 붙일 곳을 찾아 그곳에서 안정을 느끼기를, 자신에 대한 자존감이 회복되어 일어날 수 있는 힘을 갖게 되기를, 아무쪼록 나쁜 마음 먹지 않고 조금만 견뎌 주기를.

아, 사실 어디서부터 기도해야 할지 잘 모르겠고… 그저 눈물만 난다.

헤어짐은 언제나 어렵다

지난주 중학교 배정이 나서 6학년 아이들은 4교시 수업만 받고 하교했다. 기분이 이상했다. 매일 보던 아이들이 조금 있으면 이 학교를 떠난다고 하니 마음 한편이 아려 왔다.

두 달 전 6학년 아이들이 제주도로 졸업여행을 가는데, 그날 아침 출근하면서 출발하는 차 안의 아이들과 마주쳤다. 나는 잘 다녀오라고 손을 흔들었고 아이들도 신이 나서 창문을 열고 소리를 지르며 화답했다.

그 순간, 생각지 않았던 눈물이 죽 흘렀다. 옆에 있던 선생님이 깜짝 놀라며 말했다.
"선생님 지금 우는 거예요?"

"갑자기 저 아이들이랑 헤어져야 한다는 생각이 드니 너무 슬프네요. 6년간 정들었는데 이젠 못 보잖아요. 흑흑"

아침부터 눈물 바람으로 출근했다. 그러면서 드는 생각, 내가 아이들을 너무 사랑하나 보다. 해마다 이리 헤어지는 게 힘든 걸 보니.

독서논술을 교과로 전 학년을 가르치다 보니 6년간 학생들과의 추억과 정이 어마무시하다. 그래서 해마다 마지막 수업 때 나도 아이들도 인사하며 펑펑 운다. 껵껵거리며 울다 보면 어느새 화장은 지워지고 눈은 새빨개지고 코는 부어 있다. 마지막 모습은 가장 예쁜 모습으로 보내고 싶건만 가장 추한 모습으로 헤어지게 된다.

'헤어지는 것'은 어렵다. 더욱이 '사랑하며 헤어지는 것'은 더욱 어렵다. 나이가 들면 능숙하게 잘 헤어지는 법을 알 것도 같은데 더더욱 어렵게 느껴진다. 아마도 까다로운 사랑을 통해 사랑의 범위는 좁아지는데 사랑의 깊이는 더해지기 때문은 아닐까 싶다. 머리로는 내 아이가 아님을 알고, 당연히 헤어져야 하는 것도 아는데 마음이 말을 안 듣는다. 마음은 쇠심줄 같은 끈질긴 녀석이라 잘 떼어지지도 않아 속앓이까지 시킨다.

누군가는 나에게 "유난이다"라고 할지도 모르지만 난 졸업 때가 가까워지면 이 아이들과의 헤어짐이 어렵다. 졸업하는 녀석들이 조용히 가져다 놓은 편지를 보면서, 복도에서 마주치면 덥석덥석 안기는 녀석들을 보면서, 키는 나보다 커서 어른이 되어 가고 있지만 한없이 여린 눈빛으로 나를 바라보면 이 마음을 끊어 내기가 쉽지 않다.

유행가 가사처럼 "정 주고 마음 주고 사랑도 줬지만, 이제는 남이 되어 떠나가느냐!"라고 아이들 마음에 외치고 싶다.

내 허리밖에 안 되는 1학년으로 들어와 내 머리를 훌쩍 넘어 예비 중학생이 되어 버린 아가들아, 진짜 가는 거니? 안 가면 안 되는 거야? 선생님은 이렇게라도 너희를 붙잡고 싶다.

너희의 꿈을 항상 응원한단다

졸업한 지 4년이 지나 고2가 된 학생들이 학교를 방문했다. 복도로 나가다가 나를 찾아오는 아이들과 만났고 우리는 "꺅~~~"소리를 지르며 껴안고 방방 뛰었다. 한 명은 누군지 바로 알아봤는데 한 명은 성숙한 느낌에 마스크를 하고 있어 바로 알아보지 못했다.

"선생님 저희 알아보시겠어요?"

"암요, 당근 알죠. 근데 너는 누구세요?"라고 물으니 "저 ○○○예요"라는데 순간 예전의 그 아이가 기억이 나며 반가운 마음에 "어머 어머 어머" 하며 덥석 손을 잡고 흔들었다.

교실로 들어와 폭풍 수다를 떨었는데 이 친구들은 졸업하고 처음으로 찾아왔다고 해서 나에게 등짝 스매싱을 당하기도 했다. 이 중 한 친구는 초등학교 시절부터 수영으로 이름을 날린 친구였다. 초등부에 이미 국가대표 자격으로 시합 출전을 나가 여러 상을 탔고 신문에도 이름이 실릴 정도로 실력 있는 아이였다. 중학교도 수영선수가 되기 위해 준비해 줄 수 있는 학교로 갔던 기억이 있다. 이 아이와는 인스타그램으로 이어져 있어 매주 온라인에서 소식을 알고 있었고 대면으로 보니 어제 보던 느낌으로 반가웠다.

다른 한 명의 학생은 초등 때부터 조용하고 눈에 띄지 않던 아이였는데 그림 그리기를 좋아했던 걸로 기억한다. 지금은 꽤 유명한 애니메이션을 배우는 특성화고에 들어갔단다. 그 학교에 들어가려면 공부도 공부지만 실기 실력도 좋아야 들어갈 수 있는 것으로 아는데 이 친구는 그곳에 들어가기 위해 무척이나 노력했을 것이고, 지금은 그곳에서 똑같은 꿈을 꾸는 아이들 속에서 애쓰며 공부하고 있을 테다.

속이 살짝 쓰렸다. 이 친구들은 그 어렵다는 예체능의 길을 가고 있기 때문이다. 물론 인문계 고등학교에서 공부로 살아남는 것이 얼마나 힘든지 알고 있다. 그러나 예체능을 한다는 건 공부뿐만 아니라, 자기 자신과의 험난한 싸움을 매시간 하고 있기에 안쓰러움이 밀려왔다.

아이들에게 무언가 이야기해 주고 싶었다. 하지만 내가 해 줄 수 있는 건 마음으로 전해 주는 진정 어린 말밖에 없었다.

"너희들은 참 어려운 길을 가고 있구나. 예체능의 길이 얼마나 치열한지 선생님도 알고 있단다. 너희는 학습 능력보다도 더 중요한 게 정신력 관리라고 생각해. 그런데 정신력을 키우는 방법은 많지 않은데 좋은 방법 중 하나가 책을 읽는 거란다. 선생님도 경험해 보니 그렇더라고"

아이들은 고등학생답게 내 말의 의미가 무엇인지 알고 고개를 끄덕이며 마음에 담았다. 훌쩍 커서 어른이 다 된 제자를 보내면서 만감이 교차했다. 반갑기도 기특하기도 자랑스럽기도 안타깝기도 헤어짐이 서운하기도 했다.

아이들의 뒷모습을 보며 오른손을 움켜쥐고 큰 소리로 "파이팅!"을 외쳤다.

너희가 무엇을 하든 무엇이 되든 언제나 너희의 꿈을 응원한다. 아주 격렬하게!

"이영자 선생님께"

선생님 안녕하세요? 저 ○○○이에요. 조금 있으면 졸업이기도 하고 선생님께 드리고 싶은 말이 있어서 이 편지를 써요.

혹시 저의 과거를 아시나요? 저는 독일 프라이부르크에서 출생했고 부모님은 두 분 다 한국 분이세요. 3살 때 한국에 와서 그 뒤로 쭉 한국에서 지내고 있어요. 유치원 때까지는 아무 일도 없었지만, 초등학교에 들어가 2학기가 끝날 때쯤 어떤 친구가 저에게 '악마새끼'라고 한 사건이 발생했어요.

그 뒤로 그 친구는 저에게 비속어를 계속 사용했고 2학년까지 그랬어요. 선생님들은 모두 저를 피하거나 선처를 구했고요. 사실 그 당시에 학교폭력에 대해 배우긴 했지만, 그 친구만 저한테 그렇게 행동하고 나머지 친구들은 보고만 있어서 이 일을 해결할 방법이 없었어요. 무엇보다 언어폭력과 방관자에 대해 배우지 않은 상태였고요.

결국에는 시골로 이사를 가서 3학년부터 거기서 다시 시작했어요. 하지만 거기도 거의 똑같았어요. 거기서 여자 친구들과 사이가 안 좋아서 남자 친구들과 어울렸더니 '여우'라고 불렸고 그 일로 저를 괴롭힌 친구 중 한 명은 다음 날 전학을 가고 나머지 두 명은 사과를 하긴 했지만 전혀 진심이 느껴지지 않았어요. 그래서 5학년 때 ○○초등학교로 전학을 온 것이에요.

여기로 전학을 온 뒤로 괴롭힘 같은 것은 없었어요. 이게 선생님을 만나기 전이고 선생님을 만난 뒤로는 제 인생에 선물이 추가되었어요. 선생님 덕분에 많은 것을 보고 느끼며 많은 것을 알게 되고 배우게 되었어요.

선생님은 저에게 '비자림 숲' 같은 분이세요. 제주도에 '비자림 숲'이라고 있는데 들어가면 나무와 풀 냄새가 나고 마음이 편해지는 곳이에요. 거기서 정말 많은 것을 느꼈기에 제가 가장 좋아하는 곳 중 한 곳이에요.

선생님은 저에게 힐링을 주시고 마음을 편하게 해 주시는 그런 분이에요. 선생님 덕분에 더 크고 강한 방패가 생기고 더 강한 창도 생겨서 저를, 나 자신을 직접 지킬 수 있는 무기를 만들 수 있도록 지도해 주시고 이끌어 주신 분이기도 해요.

그래서 꼭 감사하다고 전하고 싶었어요. 정말 감사합니다. 저 진짜 선생님 때문에 이 학교를 졸업하기 더 싫어지네요. 선생님 덕분에 이 학교에서 지냈던 2년이 더 빛나고 가치 있었던 것 같아요. 정말 감사합니다. 그리고 정말 존경합니다.

비자림 숲 주변에서 공사를 하고 있어요. 하지만 비자림 숲은 사라지지 않고 자신의 자리를 계속 지키고 있죠. 선생님도 선생님의 창과 방패로 자신을 계속 지키고 더 강하게 만드는 것을 보면 존경할 수밖에 없어요. 그리고 선생님과 수업을 하며 사회의 현실을 더 자세하게 배우고 더 많은 것을 알게 된 것 같아요. 또 그런 내용을 담은 책을 읽고 토론하고 반론하며 생각을 더 키우게 되고 지식도 더 많아진 것 같아요. 정말 감사합니다.

남들한테는 10분이 저에게는 1분으로 느껴졌고 선생님의 한 마디 한 마디가 너무 좋은 말이었고 항상 기억에 남았어요. 저는 아직 선생님에게 더 많은 것을 배우고 싶었는데 벌써 졸업이라니 너무 아쉽고 속상하네요. 항상 존경하고 감사했습니다. 선생님 덕분에 제 목표에 한 10걸음 간 것 같아요. 선생님 덕분에 많은 것을 배웠고 느꼈어요.

선생님에게 행복 가득한 일만 있길 바라요. 그동안 정말 감사하고 존경해요. 꼭 건강하세요!

2023년 2월 9일
○○ 올림

매일 벽을 만나고,
벽을 넘어선다

시간이 없어서요…

　숙제를 안 해 왔다. 그것도 열 명이나. 나는 어이가 없었지만 일단 아이들에게 숙제를 안 해 온 이유에 대해 묻기로 했다.

　"왜 숙제를 안 했는지 핑계 말고 이유를 이야기해 보세요"

　몇몇 아이들은 얼굴이 상기되어 어쩔 줄 몰라 했고 몇몇은 아무렇지 않은 듯 표정 변화가 없다. "왜 안 했어요?" 하고 물으니 "잊어버렸어요", "어제 하려고 했는데 엄마가 어쩌고저쩌고…", "깜빡했어요" 등등 자기 딴에는 이유라고 생각하는 것들을 말했다. 그런데 그 말들 중 내 귀를 때리는 한마디.

　"시간이 없어서요!"

그 순간 나는 기분이 언짢아져 그 아이에게 다가갔다. 아이는 자기가 잘 말한 거라 생각했는지 전혀 반성의 기미가 없었다. "시간이 없구나. 왜 시간이 없는지 이야기해 봐라" 하며 엄한 얼굴로 물었다. 아이는 당황하기도 하고 분위기 파악이 됐는지 조그만 소리로 "학원 숙제가 너무 많아요"라며 답했다. "학원 숙제는 할 시간이 있고 학교 숙제는 할 시간이 없는 거구나"라고 말하니, 아이는 자기 실수를 알았는지 놀란 얼굴이 되었다.

"너는 시간이 없는 게 아니라 할 마음이 없었던 것 같구나. 그걸 시간이 없다는 핑계를 댄 거고. 어떻게 생각하니?"
아이는 기어들어 가는 소리로 "네"라며 인정했다.
이내 아이가 "죄송합니다. 실수로 숙제를 안 했습니다"라고 하길래 나는 모든 아이들이 들을 수 있게 크게 이야기했다.

"그렇지. 숙제를 안 할 수도 있지. 선생님은 그럴 수도 있다고 생각해. 그러나 그다음의 태도가 문제지. 안 하고도 아무렇지 않거나, 시간이 없다는 말도 안 되는 핑계로 넘어가려는 건 문제라고 생각한다"
숙제를 한 아이들은 의기양양하게 고개를 끄덕이며 동의했다.

요즘 아이들은 정말 바쁘다. 나도 안다. 하지만 숙제는 약속이다. 교사는 학습에 꼭 필요한 것을 숙제로 주고, 학생은 그 숙제를 해야 한다. 이것은 비단 '숙제를 했나 안 했나'의 행위의 문제보다는, 그 속에서 배우는 학습 내용 이상의 책임감과 자기 주도 학습, 성실성 등의 능력을 키우는 것이라 말하고 싶다.

공부를 잘하는 것도 중요하지만 책임 있는 성실한 학생이 되도록 가르치는 것이 먼저다.

서로의 영역이 채워지지 않으면
아이는 아프다

주말 동안 행사가 있어 힘을 다 쓰고 맞은 월요일. 월요일은 특별히 1학년을 만나는 날이다. 학생들이 어려서 육체적 소모가 크지만, 학교에서 가장 어린아이들이라서 가장 사랑스럽기도 하다.

똑같은 이야기를 50번 정도 하고 나면 한 교시가 끝난다. 그렇게 1, 2교시가 지나 3교시가 되었다. 반갑게 아이들을 맞아 주었는데 시작부터 한 남학생이 친구와 싸우며 소리를 지르고 있었다. 이 아이는 또래 아이들보다 감정조절이 어려워서 수업을 방해하는 일이 종종 있다. 오늘도 그런 날이었다. 다른 아이와 다툼이 있어서 기분이 나쁘다고 내내 징징거리고 다른 아이를 이르고, 소리 지르고 울기도 하는 등 수업을 이어 나가기 쉽지 않았다.

10분 정도 지났을 때, 짝끼리 계속 떠드는 학생들이 있어 '빼기 별'을 한 개씩 주었다. 저학년 수업 시, 잘하는 학생은 '칭찬 별'을 주고 방해하는 학생은 '빼기 별'을 주는데 보통은 '칭찬 별'을 여러 개 주고 '빼기 별'은 거의 주지 않는다. 아이들이 먼저 집중하기 때문이다.

그런데 이 학생들은 계속 떠들고 있어 '빼기 별'을 하나씩 준 것인데, 둘 중 여자아이가 손을 들더니 "선생님, 전 빼기 별을 세개 받고 싶어요" 하며 눈을 삐죽이 떴다. "왜? 빼기 별 세 개면 자기 반으로 올라가야 하는데?" 하고 물으니, 아이는 반항적 어조로 "그래도 받고 싶어요"라고 한다. "그래? 빼기 별 세 개!" 하니 밖으로 나가는 거다. 나는 어이가 없어 어리둥절했다.

잠시 시간이 지난 뒤, 아이는 들어와 "죄송해요"라고 하면서 자기 머리카락 전체를 뒤집어서 뜯으며 말했다. 나는 날이 선 아이의 속마음이 무엇인지 파악하고자 애쓰며 자리로 돌려보냈다. 어쨌든 이 두 명의 아이를 보느라 다른 아이들은 이미 '먼 나라 이웃 나라'로 출장 가서서 난리였다. 진도를 나가지도 못하고 주의집중만 하다가 수업이 끝났다.

3교시가 끝난 뒤, 나는 진이 빠지고 몸살기가 왔다. 이 아이들에게 질 높은 수업을 하기 위해 15년을 넘는 시간 동안 공부하고 그 많은 책을 읽어 왔는데, 중3도 아니고 겨우 초1과 이러다니, 자괴감이 몰려왔다.

나중에 들어보니 아이의 부모님은 바쁘게 일하셔서 다른 분이 아이를 돌보고 있었는데 얼마 전에 그만두셔서 아이가 고도의 불안 상태란다. '아' 그제야 날카롭던 아이의 행동이 이해는 되었지만 좀 허탈했다.

가정에서 아이에게 해 줘야 할 영역이 있고, 학교에서 해야 할 영역이 있다. 가정에서의 부족한 영역을 공교육에서 채울 수는 없다. 부모의 역할을 교사가 오롯이 채울 수도 없다.

서로의 영역이 채워지지 않으면 아이는 아프다. 그게 나를 허탈하게 만들었다. 이 아이에게 내 자리에서 어떻게 도움이 되어야 할지 내내 고민이다. 이 고민과 허탈한 자괴감에 현타가 온다.

아이들의 인사법

개학을 했다. 풀어진 마음과 몸을 다잡고 학교로 일찍 출근했다. 역시나 첫날부터 하드 트레이닝이다.

아이들이 반갑다며 환한 얼굴로 찾아왔고 나도 반가운 마음으로 환하게 맞이했다. 아이들은 키가 좀 더 컸고 얼굴이 까무잡잡하게 탄 아이들도 많았다. 아이들을 보며 나는 연신 "잘 있었니? 방학 동안 잘 지냈어?"라고 물었다.

한참을 인사하다가 갑자기 깨달은 건, 2교시가 지나도록 아이들에게 나만 안부를 묻고 있었던 것이다. 아이들은 "안녕하세요?"라든가, "보고 싶었어요"라고는 하는데 "방학 동안 잘 지내셨어요?"라고는 묻지 않았다.

내심 속으로 괘씸해서 '나한테 처음으로 물어 오는 아이에게 별 세 개를 줘야지'라고 결심했다. 그리고 다음 수업 시간이 됐는데 조그마한 여자아이가 "선생님, 방학 잘 보내셨어요?" 하며 큰 소리로 물어왔다. 나는 대뜸 "별 세 개!"를 외쳤다. 아이들은 갑자기 별을 받는 아이에게 집중했고 "왜요?"라며 물었다. 나는 자초지종을 설명했다. 아이들은 입을 모아 "선생님, 방학 잘 보내셨어요?"를 외쳤지만, 이미 떠난 버스였다.

점심시간이 되어 급식실로 갔더니 예쁜 선생님이 보자마자 "어머 선생님, 방학 잘 보내셨어요?"라고 하신다. "선생님, 별 세 개 줍니다" 했더니 좋아하신다. 어른이 되어도 별 세 개를 받는 건 기분 좋은 일이다. 아이들의 '인사법'에 대한 이야기를 주고받으며 '가장 기본적인 인사를 우리 아이들이 잘 모르는구나' 하는 생각이 들었다.

그럼 가르쳐야지. 나는 온종일 "얘들아, 방학 잘 보냈니?" 하며 외치고 다녔다.

"선생님도 감정이 있는 사람이란다"

《사라, 버스를 타다》라는 책으로 '인종차별'이라는 주제를 가지고 4학년 수업을 하는 중이었다. 세계사 이야기를 간략하게 들려주고, 이 책을 제대로 이해하기 위해 참고도서로 4권의 책을 읽고 글을 써오는 자유 과제를 주었다. 분량이 많아서 학생들에게 명예장과 별 세 개와 작품 전시까지 당근을 잔뜩 준비해 과제를 하도록 유도했다.

그때, 한 남자아이가 얼굴을 찌푸린 채로 "그거 꼭 해야 돼요?" 하고 말투도 삐딱하게 물었다. 나는 대뜸 "응, 너는 꼭 해야겠구나"라고 답했다. 자유 과제라고 했음에도 숙제를 하기 싫은 분위기로 몰고 가는 아이가 내심 괘씸해서였다.

잠시 후, 다른 남자아이가 조심스럽게 "선생님, 죄송하지만 책 이름만 다시 알려 주시면 안 될까요?" 하고 물었다. "당연히 알려 주고 말고, 천천히 다시 말해 줄게" 하며 다정히 말했다. 그렇게 말해 주는 그 아이가 고마웠다.

그러고 나서 나는 모든 학생들에게 "좀 전의 질문과 지금의 질문 중 어떤 질문이 듣기 좋았나요?" 하니 모든 아이들이 "지금이오"라고 답한다. 아까 그 학생은 얼굴이 붉어진다. 이 아이의 마음도 다독이고 나의 메시지도 전달할 겸 이야기했다.

"선생님도 예의 있게 나를 대해 주는 사람이 좋단다. 질문도 예쁘게 해 주는 게 좋고. 나도 사람이거든"

그 남자아이와 눈을 맞추었다. 아이는 고개를 끄덕이며 내 마음을 알아주는 듯했다.

교사가 미치기 전에
방학을 한다

방학이다!

교사들 사이에는 이런 말이 있다.

"교사가 미치기 전에 방학을 하고, 학부모가 미치기 전에 개학을 한다"

정말 진리의 말인 것 같다. 교사의 미침은 일반적 미침과는 다르다. 교사가 아이들을 충분히 사랑할 힘이 마음 안에 없는 것, 이것을 '미침'으로 볼 수 있다. 교사는 아이들을 가르치기 이전에 아이들에 대해 파악하고 그 아이들의 마음을 들여다봐야 한다. 이건 꽤나 힘든 작업이다. 어느 아이는 한 뼘만 내어 주어도 다가오는가 하면, 어느 아이는 내 것을 다 주어도 올까 말까 한다. 내 마음을 내주기 전에 이 거리부터 파악해야 하는데 만만치가 않다.

2단계로 일단 파악이 끝나면 개인차대로 표현해 주어야 한다. 어느 아이는 말만 해도 알아듣고 가까워지는가 하면, 어떤 아이는 눈빛으로만 공감해 주어야 하고, 또 어떤 아이는 나의 시간과 정성을 주어야 가능해지기도 하다. 어느 아이는 시간과 비례해 시나브로 가까워지기도 하고, 가끔은 가까워졌다고 생각한 순간 저 멀리 달아나는 골치 아픈 경험을 하기도 한다.

그러나 반드시 아이에게 마음을 주면 아이도 자기 마음을 보여 준다. 이 순간이 오기까지 교사는 자기의 모든 에너지를 태워 하루하루를 버텨 낸다.

나의 에너지가 고갈될 즈음, 어떤 아이로부터 에너지를 충전받기도 하는 놀라운 경험을 하고, 생각지도 못한 아이에게 배터리를 선물 받기도 한다. 그러나 마찬가지로 생각지도 못한 어느 날, 나의 모든 에너지를 남김없이 가져가는 아이나 학부모도 존재한다.

물론 교사는 신이 아니다. 그래서 한계는 분명 있다. 그 한계를 넘지 못해 자괴감에 빠져 몇 년 만에 그만두기도 하고, 혹은 그 한계를 너무 잘 알아 타성에 젖어 교직이 돈을 벌기 위한 수

단으로 전락하기도 한다. 교사 각각의 상황과 역량 또한 확연히 차이가 난다. 어느 교사는 200%의 힘을 가지고 날아다니는가 하면, 어떤 교사는 시작부터 에너지가 80%밖에 없어 흐물흐물하게 기어다니기도 한다.

하지만 내가 경험한 대부분의 교사는 자신의 한계를 넘어 학생의 마음을 지켜 내려 한다. 잠깐의 급식 시간에도 자기가 가르치는 아이의 에피소드를 공유하고, 심지어 회식 시간에도 학생들의 이야기로 꽉 채운다.

마음 다친 아이가 있으면 같이 속상해하고 그 부모의 심정을 헤아리며 안타까워한다. 못된 구석이 있는 아이는 있는 힘을 다해 못된 구석을 빼내려 노력한다. 모가 난 아이는 그 모가 특별함인지 먼저 분별하고 특별함에 대해서는 합리적으로 이해한다. 누구 하나가 귀한 것이 아닌 너희 모두가 귀하다고 느끼게 하기 위해 말과 행동을 고르고 또 고른다.

참으로 한 학기 동안 맘 편히 하루를 보내지 못하고, 학기 중에 쉬는 날은 생각도 못 한다. 누군가는 '교사가 잘만 가르치면 되지'라는 구석기 시대적 발언을 한다지만 우리는 안다. 교사는 어느 시대건 간에 전인격적으로 학생을 만나야 한다는 것을.

이러니 교사는 미칠 수밖에 없는데, 다행히 미치기 전에 방학

이 왔다.

어머님들, 방학 동안 파이팅 하십시오!!

선생님의 오늘,
아이들의 내일

몇 년 전 일이다. 1학년 남자아이 하나가 자기가 쓰던 색연필 통을 정리하지 않고 일어나길래 "네가 쓰던 것은 네가 정리해야 지"라고 말했다.

아이는 인상을 쓰며 도망가려고 했고 나는 아이의 팔을 잡았 다. 아이는 내 손등을 할퀴며 소리를 질렀다. 당황했지만 티를 내지 않고 아이를 잡았고 진정되길 기다렸다. 내 손등에서는 피 가 맺혔고 아이는 고래고래 소리를 질러댔다.

아주 조용하던 아이였는데 도대체 왜 이런 행동을 하는지 너 무 궁금했다. 결국 다른 선생님들이 와서 아이를 잡고 담당 선 생님이 와서야 겨우 아이를 진정시킬 수 있었다. 다른 교실에서도 이런 모습이 관찰된다고 하니 문제가 되었고, 결국 부모님이 학교로 오시게 되었다.

낯빛이 어두운 채로 부모님이 오셨고 나에게 연신 사과하셨다. 어머님이 아이에게 "얼른 선생님께 사과드려, 얼른"이라고 다그쳤고 아이는 완강하게 거부했다. 민망해하시던 어머님은 "엄마가 옆에 있잖아, 괜찮으니까 선생님께 사과드려. 엄마가 옆에서 도와줄게" 하시는 거다.

순간, 분위기가 마치 나는 아이의 적이고 두려움의 대상으로 사과를 받아 내야 하는 사람처럼 느껴졌고 아이에게도 그런 투로 들리는 듯했다. 정신이 번쩍 났고 무엇이 문제인지 왜 아이가 교사에게 공격적인지 분석되기 시작했다. 잠시 뒤 아이를 내보내고 어머님께 말했다.

"어머님, 저는 아이를 가르치고 도와주는 교사입니다. 어머님의 도움으로 만나야 하는 그런 어려운 사람이 아닙니다. 아이의 적은 더더욱 아니고요. 아이가 집에서는 어머님께 도움을 받고 의지하는 것처럼 학교에 오면 제가 그런 대상이 되어야 합니다. 그런 개념을 아이에게 심어 주어 학교가 편해져야 하지 않을까요?"

어머님은 깜짝 놀라시면서 말했다.
"그러네요. 학교 가서 실수하지 말고 잘하라고만 하고, 선생님께는 예쁘게 보여야 한다고 아이에게 부담만 줬네요"

더구나 부모님 모두 너무나 바쁜 직업이라 늦게 들어왔고 주말에도 몸이 힘들어 아이와 거의 노는 시간이 없었단다. 거기다 아버님이 매우 권위적이어서 아이를 무섭게 혼낸다는 것이다.

이 부분에서 함께 계시던 나이가 지긋한 선생님은 따끔하게 부모님을 꾸짖으셨다. 아이가 언제까지나 아이가 아니니 지금 아이에게 무엇이 필요한지 잘 관찰하고 그것을 채워 주라고, 그게 채워지지 않으니 아이가 이렇게 표현해 내는 것이라고, 지금은 공부보다 더 중요한 게 노는 거라고 아주 중요한 말씀을 덧붙이셨다. 그렇게 이 일은 마무리되었다.

재미있는 것은 그 일 이후에 그 아이는 나를 더 따른다는 것이다. 가끔 마주치면 내 이름을 불러 가며 인사를 하고 내가 보고 싶어 교실로 찾아오기도 한다. 내심 '요 녀석 봐라!' 하는 마음이 든다. 그리 혼나고 나면 나를 피하거나 불편해할 수 있는데 이 아이는 더 나를 찾고 몇 년이 지난 지금도 나를 보면 눈이 하트가 된다. 내성적인 성향의 이 아이는 가끔은 우스갯소리도 해 가며 내 옆에 붙어 있기도 한다.

물론 나도 이 아이를 보면 예전의 기억은 거의 사라졌다. 언제 그런 행동을 했나 싶게 지금은 정말 의젓해졌다.

아이는 자란다. 언제까지 부모나 교사에게 놀아 달라고 떼를 쓰지 않는다. 놀이가 필요할 때는 질릴 때까지 놀아 주면 되고, 관심 꺼 달라고 하면 꺼주면 된다. 놀아 달라고 할 때는 바쁘다고 놀아 주지도 않았으면서 관심 꺼 달라고 할 때는 굳이 서운하다며 아이 옆에 붙어 있으려는 청개구리 어른은 되지 말아야지.

아이들과 수업할 땐 저학년과는 몸으로 놀고 표정으로 말한다. 고학년과는 인과관계에 의해 논리적인 말로 수업한다. 저학년은 내가 먼저 다가가고 아이들은 나에게 뛰어온다. 고학년은 약간의 거리를 두며 눈은 바삐 움직인다. 관찰은 하되 성급히 가까이하지 않는다. 아이들이 다가오면 한껏 품어 주면 된다.

나는 이 아이들에게 갈 수 있는 길을 알려 주고, 찾아갈 수 있는 힘을 북돋아 주는 선생님이기 때문이다.

IV.

작은 사랑이
큰 행복으로 피어날 때

작은 필통에 담긴 귀한 마음

네팔에 살던 지인 부부가 2주간의 일정으로 잠시 한국에 들어왔다. 이 부부는 전 세계로 떠돌며 사는 티베트인들을 돕기 위해 인도와 중국으로 다니다 지금은 네팔에 살고 있다. 코로나19가 확산되기 직전, 나도 네팔에 가서 카트만두를 둘러보고 그곳 사람들과 만나 뜻깊은 시간을 보내고 왔다.

네팔에 가기 전, 그곳에 있는 아이들을 위해 우리 학생들에게 필통을 후원받았었다. 후원하길 원하는 학생들은 집에서 쓰던 학용품 중 깨끗한 필통에 연필 3자루, 지우개, 형광펜, 색 볼펜, 자 등을 담고 영어로 된 짧은 편지를 넣어 가져왔다. 한 달 정도 기간을 두고 받았는데 대략 100개가 모여 내 여행 가방의 반이 꽉 차서 감사하기도 했고 대략 난감이기도 했다.

그렇게 가져간 아이들의 마음은 카트만두 변두리에 있는 티베트 고아원에 기부되어 그곳 아이들의 깜짝 선물이 되었다. 그곳 아이들이 선물을 보고 소리를 지르고 뛰며 흥분하던 모습이 생생하다.

이 행복한 기억으로 다시 한번 그곳 아이들에게 깜짝 선물을 하고 싶었다. 먼저 지인에게 물어보니 지금은 아이들이 22명으로, 다른 지역으로 간 아이도 있고 새로 온 아이도 있다고 한다.

그래서 나는 "그럼 지난번처럼 필통을 딱 22개만 우리 학생들에게 후원받아 가져가면 안 될까요?"라고 말했는데, 비행기로 보내야 해서 무게가 많이 나가면 곤란하기에 눈치가 보였다. 두 분은 잠시 생각하더니 그 정도는 괜찮다고 했다.

22개 중 16개는 학부모 독서 동아리의 어머님들께 부탁을 드렸다. 이 일의 취지와 목적을 설명했더니 너무 좋아하시며 동참해 주셨다. 나는 꼭 한 개만, 그리고 새것 말고 새것 같은 중고로 보내 달라고 부탁드렸다. 나머지 여섯 개는 필통이 넘쳐 날 것 같은 학생들에게 부탁했다. 부탁받은 아이들은 소리를 지르며 좋아했고 기꺼이 필통을 가져왔다.

그런데 문제가 생겼다. 어머님들은 너무 좋은 마음으로 10개를 가져오시고, 새 필통과 새 학용품으로 가득 채워 오고, 색종이 2박스에 연필 6박스 등을 보내셔서 물품이 넘쳐 났던 것이다. 아이들은 기부하는 걸 공유해서 다른 학생들이 자기도 하고 싶다고 찾아왔고, 나는 그걸 거절할 수가 없었다. 그러고 나니 상자 하나에 넘쳐날 만큼 채워졌다.

에라 모르겠다. 그냥 다 보내 달라고 떼쓸 거다. 어느 하나 귀하지 않은 마음이 없기에.

네팔에서 돌아온 사랑

두어 달 전에 학부모님들과 학생들이 힘을 모아 필통을 네팔로 보낸 적이 있다. 더 보내고 싶어 애쓰던 분들 덕분에 네팔에 있는 '티베트 고아원'의 아이들에게 우리의 마음이 무사히 도착했다. 아이들은 뜻밖의 선물에 무척이나 감동했다고 한다. 방탄소년단 덕분에 이 아이들에게도 한국의 이미지는 매우 좋게 각인되어 있다.

우리 학생들이 고르고 골라 보낸 예쁜 선물을 받은 날, 그곳은 파티가 열렸고 아이들은 너무 좋아 뛰어다녔다고 한다. 그 모습이 눈에 선하다.

그곳의 아이들은 좀 특별하다. 티베트가 중국으로 넘어가며 티베트인들은 사방으로 흩어졌고, 이후 그들을 받아 주는 나라들에 정착해서 살고 있다. 네팔도 이들을 받아 주었으나 고위직에서 일하거나 좋은 교육을 받을 수 있는 형편은 아니었다. 그러다 보니 주로 허드렛일을 티베트인들이 하는데 카펫을 만드는 공장이 대표적인 일자리고, 남자들은 히말라야의 산지기 셰르파로 일한다. 그런데 우리가 알고 있듯이 히말라야는 녹록한 산이 아니기에 사고가 부지기수다. 그래서 부모를 잃는 경우도 빈번히 일어나는데 이렇게 부모를 여읜 아이들이 이곳으로 모인다.

부모의 죽음, 가난, 남겨짐의 충격을 받은 아이들에게 조그마한 온기가 되고 싶었다. 그런 마음으로 함께 이 일을 시작했고 아이들이 잠시 좋아하면 그만이라고 생각했다. 그런데 이 아이들이 여러 날에 걸쳐 직접 카드를 만들고, 한글을 보고 그려서 우리에게 줄 선물을 보내온 것이다.

네팔에 갔던 한국인을 통해서 전달이 됐는데 지퍼백 속에 편지가 가득 들어 있었다. 영어로 되어 있거니 하고 펼쳤는데 한국말로 된 것도 있고, 직접 만든 카드도 있고, 그 아이들에게 소중한 스티커도 붙어 있었다.

있는 것을 주는 건 쉽다. 반대로 없는 데도 주는 일은 어렵지만, 그만큼 소중하다. 이 아이들이 어떤 마음으로 이것들을 보냈을지 가늠하니 코끝이 찡하다.

  나만 감동할 일이 아니라서 교실에 전시하기로 했다. 필통을
보낸 아이들뿐 아니라 다른 아이들과도 이 마음을 함께 공유하
고 싶다. 사랑이란 어렵거나 거대한 게 아님을, 아주 작은 것에
도 마음이 흐를 수 있다는 걸, 없는 듯 보이나 우리는 이런 사랑
으로 매일 살아가고 있다는 걸 알게 해 주고 싶다.

  필통을 보내고 잊고 있었는데 이렇게 사랑으로 돌아왔다. 예
기치 못한 사랑의 파동에 따뜻한 감사를 배운다.

진흙쿠키 프로젝트

《진흙쿠키 꿈과 희망을 구워요!》라는 동화책이 있다. 아이티의 가난과 지진 이후의 어려움이 시대적 배경으로, 주인공이 그 환경을 극복하고 학교에 다니게 되는 이야기가 담겨 있다.

이 책으로 3학년 학생들과 독서 수업을 진행했다. 가장 가난한 대륙이라는 아프리카와 지금의 현실, 물이 부족해서 아이들이 종일 물을 뜨러 가는 현실, 2010년 실제로 일어났던 아이티의 지진에 대해 설명해 주었다. 아이들은 나의 생생한 증언에 눈을 동그랗게 뜨고 초집중을 하며 들었다. 아이들의 반응에 신이 난 나는, 나의 배경지식을 긁어모아 더 많은 이야기를 들려주었다.

후배 중에 우리나라 최고의 대학에서 수자원을 연구했고 탄탄한 기업에 입사한 동생이 있다. 결혼도 하고 아이도 낳아 평범한 삶을 살다가 어느 날, 아프리카의 더러운 물로 인해 죽어가는 사람들이 마음이 아프다며 가족을 모두 데리고 아프리카로 떠났고, 수년간 마을마다 다니며 우물을 만들어 주는 일을 하고 있다. 더 나아가 전공을 살려 '생명을 구하는 빨대, 라이프 스트로' 사업을 돕고 있다.

2010년 1월 12일 7.0의 강도로 아이티에 지진이 실제로 일어났고 당시에 일어난 그 사건이 충격적이라 기억에 남는 장면이 많다. 산이 무너져 내렸고, 학교가 무너져 학생들을 외국 군인들이 구출하던 장면, 우리나라 기자가 카메라를 돌리니 시체 더미가 쌓여 있던 것이 그대로 노출되던… 나는 지금도 그 장면을 잊을 수 없다. 길에서 울부짖던 사람들과 허둥지둥 다니던 우리나라 의사와 간호사들의 모습과 소리가 그 당시 두려움으로 남아 있다.

그 이후 관심이 있어 아이티에 대해 알아보니 지진 전에도 너무나 가난해서 '진흙쿠키'를 먹는 나라로 소개된 적이 있었는데, 지진 이후에는 그나마도 먹을 수 없는 정도로 극빈국이 되었다. 슬프게도 2021년 8월, 아프가니스탄을 탈레반이 장악하며 전 세계가 경악할 때 또다시 아이티에 지진이 일어났고 조용히 뉴스에서 묻혔다.

난 예전의 기억이 있었기에 기사를 찾아가며 관심 있게 지켜보았다. 2010년의 지진보다 더 큰 규모였지만, 다행히 그때보다 피해는 적었다고 했다. 난 기도하는 마음으로 지켜보았고 고통을 겪고 있을 그들을 생각하니 너무나 마음 아팠다.

이 모든 이야기를 수업 한 차시에 걸쳐 설명했고 그 효과는 대단했다. 3학년 전체 반의 학생들이 《진흙쿠키 꿈과 희망을 구워요!》라는 책에 관심을 갖고, 평소 책에 관심이 없던 아이들까지 책을 읽어 왔다. 아이티라는 나라에 대해 정보 수집을 하고 모둠별로 주제를 잡아 신문을 만드는 등 프로젝트 수업을 진행했고 아이티에 대해 많은 배경지식을 가지는 기회가 되었다. 마지막에 학생들은 아이티를 돕고 싶다는 글을 썼고 나는 그냥 끝내기가 아쉬웠다.

'어떻게 하면 아이티를 진짜 도울 수 있을까?'를 일주일간 생각해 오기로 했고 토의를 했다. 옷을 보내자는 학생, 라면 같은 음식을 보내고 싶다는 학생, 문구류부터 신발까지… 종류도 가지가지였다. 그 와중에 '물'을 보내자는 학생이 있어 크게 웃기도 했다. 웃기는 했지만 이 아이가 어떤 마음으로 이야기했는지 알기에 그리 말하는 아이의 마음이 고마웠다.

결국 현실적으로 보내는 물품의 무게를 고려해 마스크를 2달 동안 모아 아이티로 보내기로 결정했다. 대신 부모님이 사신 마스크를 그냥 가져오는 것이 아닌, 집에서 아르바이트를 해서 자신의 힘으로 마스크를 모아 기부하기로 했다.

다음 날부터 난리였다. '내가 이 일을 왜 만들었을까?'라는 후회가 들 정도로 쉬는 시간이고 점심시간이고 마스크를 내려 오는 학생들로 북적였다. 마스크 앞에 작은 메모를 붙여 영어로 희망의 메시지를 적게 했는데, 적게는 1장부터 많게는 50장이 넘는 마스크를 들고 왔다. 청소하고 3장을 가지고 온 학생, 신발 정리 후 1장, 동생 돌봐주고 5장, 설거지하고 10장 등등 일도 가지가지였다. 그중 50장을 가지고 온 학생은 시험을 100점 받고 가지고 온 것이라고 해서 칭찬해 주기도 했다.

어떤 일을 하든 멀고 먼 아이티를 위해 이렇게 열심히 고사리 손으로 일해 마스크를 모아 오는 이 아이들로 인해 나는 따뜻한 시간을 보낼 수 있었다. 비록 밀려오는 학생들로 인해 정신없이 일해야 했지만, 순수하고 맑은 아이들의 눈빛과 선함으로 나의 눈빛도 마음도 뜨거워지는 경험을 했다.

이렇게 모은 마스크가 2,000장 정도였고 비가 쏟아지던 날, 우체국으로 가서 어렵게 부치고 돌아왔다. 상자 겉면에 A4용지 1장으로 우리 학생들의 마음을 요약하여 부치게 된 경위와 부탁을 적어 꼼꼼히 붙여 보냈다.

부디 우리의 마음이 마스크를 받는 한 명 한 명에게 용기가 되고 위로가 되어서 팍팍한 삶을 견딜 수 있는 이유가 되길 바라는 간절한 기도도 함께 부쳤다. 또 예쁜 마음을 가진 이 아이들이 잘 자라서 지금보다 아름다운 세상이 되기를 더욱 바란다.

"깨끗한 필통을 모아 주세요!"

어릴 때부터 같은 동네에서 같이 자란 오빠가 있다. 내성적이고 차근차근 말하는 스타일로 꽤 고리타분하다. 게다가 집안에서 장남이라 권위적이고 손발이 빠른 편이 아니다. 그냥 우리 주위에서 흔히 볼 수 있는 적당한 나이의 꼰대 스타일이다.

그런 오빠가 추석 때 앞뒤 날짜를 빼서 파키스탄으로 봉사를 간다는 말을 듣고 화들짝 놀랐다. 나는 대뜸 "장남인데 명절에 집을 비운다는 거야?"라고 물었고, 오빠는 "그래서 부모님과 가족들에게 빌고 가는 거야"라고 한다.

직장도 쉬고, 명절도 거르고, 게다가 그 위험하다는 파키스탄으로 봉사를 간다는 것이 쉽게 이해되지 않았다. 잘 다녀오라고,

기도하겠다는 말은 했지만 내심 불안하기도 했다. 어느샌가 '~스탄'으로 끝나는 나라는 '위험한 나라'라는 편견을 갖고 보게 된다. 일주일을 꼬박 아침부터 밤까지 봉사를 하고 온 오빠는 홀쭉해진 모습으로 무사히 돌아왔다. 이 오빠가 이렇게 대단하게 보이기는 처음이었다.

다녀온 소감을 말하면서 같이 갔던 지인 중 한 명이 파키스탄에 있는 아프가니스탄 난민 아이들을 위해 천막학교를 만들었다는 이야기를 했다. 그러면서 영어책과 학용품이 부족해 곤란한 지경이라 전해 주었다. 이미 여러 번 학교 아이들과 필통 후원을 했던 나로서는 매우 반가운 소식이었다. 나는 대뜸 "내가 구해 볼게. 영어책은 모르겠지만 학용품은 50개 정도는 충분히 구할 수 있을 거야"라고 자신 있게 말했다.

돌아와서 나는 가슴이 설렜다. 그들을 위해 내가, 우리가 할 수 있는 일이 생겼기 때문이다. 파키스탄에 가지 않아도 아프가니스탄 난민을 도울 길이 열렸으니 마음이 행복해졌다. 바로 다음 날 나는 커다란 상자를 구해 앞에다 '깨끗한 필통을 모아 주세요. 아프가니스탄 난민과 태국의 어린이들에게 전해 줄게요!'라는 글자를 대문짝만하게 써서 붙였다. 역시나, 아이들은 관심을 보이고 질문하기 시작했다. 귀여운 아가들!

상자를 만든 다음 날, 6학년 한 아이는 말도 안 했는데 벌써 필통을 준비해 등교하자마자 나를 찾아와 1호 후원자가 되었다. 더 기가 막힌 것은 우리 학교에서 책 나눔 행사를 하는데 학생들 대상이라 교사들에게는 해당되지 않았다. 그런데 올해부터 교사 대상으로도 나눔 행사를 하는데 영어 동화책이 꽤 많았다. 나는 속으로 쾌재를 부르며 사서 선생님을 찾아가 자초지종을 설명하고 선생님들이 가져간 뒤, 남은 영어책을 기부받기로 약속받았다.

마음이 들떠서 주변의 학생들에게 이야기해 주었고 아이들은 "와~"하며 응원해 주었다. 4개의 쇼핑백에 다양한 영어책을 가득 담아 먼저 파키스탄으로 보냈다.

그리고 드디어 3~6학년 아이들 대상으로 목적에 대해 짧게 설명하고 집에서 쓰던 깨끗한 필기도구를 후원해 달라고 부탁했다. 아이들은 신나서 엄청난 질문을 퍼부었다. 그만큼 큰 관심을 주었다.

아이들을 다음 날부터 줄을 서서 필기도구가 그득히 담긴 필통을 가지고 기부했다. 일주일도 안 되어 100개가 넘는 필통이 모였다. 나름 엄청 정성스럽게 채워 왔다. 한 아이는 막대사탕까지 꽉 눌러서 나눠 주고 싶어 넣어왔다. 다른 아이는 자기가 아끼는 스티커와 마스킹 테이프까지 넣었다. 아기들도 좋은 일을 해야 한다는 걸 아는 모양이다.

이제 12월에 파키스탄으로 봉사 나가는 분을 통해 이 필통을 보낼 거다. 그곳에서 차마 상상도 못 할 피폐한 삶을 살고 있는 우리의 다른 아가들에게 이 필통이 행복이 되고 기쁨이 되어 주길 기대한다. 그 아이들이 하루라도 행복할 수 있는 기쁨이 씨앗이 되길 바라며.

이 일에 함께해 주는 우리 아가들부터 그곳에 나가 직접 발로 뛰며 봉사하고 있는 모든 분들까지 모두들 참 대단하다!

태국 이야기 1
찜닭을 만들며

태국으로 9박 10일의 여정을 떠났다. 가기 전에 그곳에서 무엇을 도와 드리면 좋을지 여쭤봤을 때 태국인들이 우리나라 찜닭을 아주 맛있어 한다는 이야기를 들었고, 그곳에 계신 분들에게 찜닭을 대접하면 좋겠다는 주문을 받았다. 네 명이서 조촐하게 떠난 비전트립이다 보니 예전 60명일 때에는 어렵지 않은 일들이 크게 다가왔다. 그래서 좀 더 계획적으로 우리는 준비하고 움직여야 했다. 가기 전, 육수로 쓰일 것들과 태국에는 없는, 우리나라에만 있어서 꼭 가지고 가야 하는 것들의 목록을 만들고 구비했다.

그런데 아이들에게 줄 필통과 준비한 선물들의 무게가 어마무시했던 터라, 육수로 쓰일 것들과 그 외 음식 부자재는 떨궈

놓고 가야 했다. 짐을 많이 덜었다고 했는데도 오버차지가 59만 원이나 나왔다. 순수하게 우리의 비용으로 가는 거라서 만 원 1장도 아까운 판에 59만 원은 우리의 심장을 덜컥하게 만들었다. 하지만 우리가 가져가는 이 선물을 행복하게 받아 줄 그곳의 아이들을 생각하며 기꺼이 내겠다고 하며 모두 흐뭇해했다. 이런 마음이니 이런 여행을 선택한 거겠지 싶다.

그렇게 출발해 도착한 다음 날 바로 우리는 장을 보러 갔다. 40명분의 찜닭을 준비해 본 적이 없으니 양을 정하는 것이 우선이었다. 더구나 태국인들은 소식하기 때문에 우리가 먹는 식으로 계산하면 안 된다고 한다.

그래서 마켓에 가서 1인분의 닭의 양을 재었다. 이 나라는 특이하게도 한 마리씩 파는 것이 아니라 부위별로 덜어서 계산하는 방식이었고 닭봉과 날개를 좋아한다 해서 두 개의 부위로만 40인분을 준비했다. 그러다 매운 김치를 좋아한다는 소스를 받아 우리는 겉절이를 서비스로 제공하기로 했다.

일이 점점 커졌으나 우리 팀에는 막강한 음식요정이 있었기에 걱정 없이 김치까지 만들기로 결정했다. 나는 한 번도 김치를 만들어 본 적은 없었지만 이곳의 배추가 엄청 싱싱하고 달고 맛있어서 김치로 만들어 먹으면 금상첨화일 듯싶었다. 어찌 어찌 한인마트까지 가서 액젓과 고춧가루까지 구비하여 만반의 준비를 마쳤다.

　음식을 대접하기로 한 첫 번째 장소는 로빠하의 작은 마을 교회였다. 이곳의 분들에게 점심 식사를 대접하기로 하고 마을 사람들을 초청했는데 소수민족 사람들이 꽤 여러 분 계셨고 각 민족마다의 의상을 입고 있어 아주 이질적인 느낌이었다. 더구나 식당 안에는 제대로 된 냄비도 가스레인지도 없어 당황스러웠다. 우리의 당황스러움을 아셨는지 마을 주민이 집에 가서 가스통과 가마솥 같은 큰 냄비를 들고 오셨다. 그 상황이 참으로 다행스럽기도 하고 어이없기도 해서 웃음이 비시시 새어 나왔다.

　어쨌든 우리는 시간 안에 음식을 완성해야 했다. 먼저 식당으로 들어가 음식요정의 진두지휘하에 움직였는데 그중 나는 완전 요알못(요리에 대해 전혀 알지 못하는 사람)이었다. 조용히 산더미처럼 쌓여 있는 감자와 양파를 가져다 껍질을 벗기고 씻어 다듬어 놓았다. 놀라운 것은 내가 다듬는 동안 겉절이는 거의 다 되어 갔고 찜닭은 조용히 레인지 위에 준비되어 있었다. 내 눈에 나 외의 세 명은 액션 히어로들이었다.

　열악한 환경 속에서 40인분의 음식은 완성되었고 많은 사람들이 행복해하며 음식을 드셨다. 우리나라 음식인데도 아주 맛있게 드시는 연세 많으신 할머니들을 보노라니 연신 웃음이 나오고 그분들께 너무나 감사했다. 1시간도 안 되어 음식은 동이

났고 누가 먼저랄 것도 없이 부지런히 정리와 청소를 해서 금세 말끔히 정리되었다. 준비한 태국 과자까지 돌아가는 사람들에게 드리며 웃음으로 배웅했다. 마음이 너무너무 좋았다.

우리 돈으로 우리가 손수 준비한 음식을 마을 사람들에게 대접하면서 연신 허리를 굽혀 감사하다고 하는 일은 참 아이러니하다. 그럼에도 어찌나 그분들이 감사한지 돌아오면서 무척이나 행복했다.

이거다. 이런 마음 때문에 비전트립이나 봉사여행을 찾아 떠나는 것이다. 그저 떠나는 여행은 이런 감사가 없다. 내 돈만큼 좋은 곳을 보고 좋은 것을 먹고 돌아오면 그만이다. 그리고 몇 개의 잔상이 남아 '아, 나 거기 갔었지' 하는 정도로 기억에 남는다.

하지만 이런 여행은 장소나 음식은 기억에 없지만 '그분 있잖아. 음식을 엄청 퍼가시던 분', '그 노래하시던 몽족 할머니랑 아기를 안고 있던 어린 아기엄마' 등 그 나라 속의 사람은 평생 잊을 수 없는 추억으로 남는다.

특히 두 아이는 잊을 수 없다. 태국은 마약이 허용된 곳이라 곳곳에서 대마초를 파는 곳을 심심치 않게 볼 수 있는데, 한 여자아이는 마약쟁이 엄마가 임신 중에도 마약을 해서 낳은 아이라 전체적으로 발달이 늦고 사람들과 어울리기도 힘들어했다. 한 남자아이도 아빠밖에 없는 아이였는데 그 아빠가 마약으로 감옥에 들어가는 바람에 조부모와 살고 있어서 제대로 된 양육이 불가능했다. 안아도 주고 선물도 주었지만 이 아이들을 보며 마음이 찢기는 듯한 아픔을 느꼈다. 마음속으로 아이들을 축복하며 간절히 기도했다. 절대 잊을 수 없는, 잊기 싫은 아이들이다.

우리는 힘도 없고 능력도 없는 사람이지만 그 순간 우리는 정말 간절히 순수하게 그들을 위해 따뜻한 마음을 전했다. 그 마음이 그들에게 하나의 숨이 되길 바라며, 그 숨으로 그들이 삶을 이어 나가는 마중물이 되길 간절히 바란다.

자, 다음 여행을 준비해 볼까!

태국 이야기 2
세상의 모든 아이는 사랑스럽다

태국으로 출발하며 맡은 일이 몇 년 전 방문했던 치앙라이의 한 학교에 재방문해서 1~2학년 아이들을 대상으로 수업하는 것이다.

이전에 방문했을 때는 마치 전교 체육대회처럼 전 학년을 대상으로 10개 정도의 부스를 만들어 체험하고, 오후에는 운동장에서 1시간가량 게임을 진행했다. 나름 여러 선생님들이 꽤 많은 준비를 하고 갔는데 반응은 생각보다 좋지 않았다. 흥미 있는 것들로 준비했건만 태국 아이들은 조심스러워했고 주춤주춤 소극적으로 활동했다. 팀장이었던 나는 그날 아이들의 반응에 의기소침해져서 무엇이 잘못된 것인지를 분석하며 마음이 불편했다. 아마도 민족성을 고려하지 않은 탓이란 결론을 내렸다.

그래서 이번에는 태국 민족이 어떤 특성을 갖고 있는지에 대해 조사하고 경험을 바탕으로 고심하며 준비했다. 태국 아이들은 그림을 그리거나 소근육을 사용하는 것을 좋아했고, 집중력이 좋았다. 어린아이들도 꽤 오랜 시간 집중해서 한 작품을 완성했고 자신의 작품을 매우 소중하게 생각했다. 그래서 한복 만들기 등 만들기 자료 두 개와 폴라로이드 사진과 펄풍선을 준비했다. 원래 하려던 솜사탕 만들기와 달고나 만들기는 많은 아이들 속에서는 불가능했기에 빼기로 했다.

제일 중요한 것! 이들은 예의와 질서가 무척이나 중요한 사회 속에서 생활했기에 선물을 한 개 이상 받지 않고 더 주려고 하면 부담스러워했다. 그래서 부담스럽지 않게 우리 학교 학생들이 준비한 카드, 필기도구가 가득 들어간 필통과 점심 식사 후에 먹을 간식 정도로 준비해 두었다.

당일 출발하는데 2시간으로 예정했던 수업 시간을 1시간으로 줄여 달라는 연락을 받았고 우리는 아쉬웠지만 그리하겠다고 했다. 그리고 다시 찾은 학교는 예전과 같은 모습이라 정겨웠다. 교실 안에서 우리를 기다리던 아이들을 보니 더욱 반가웠다.

시간이 없었기에 우리는 바로 흩어져 한 교실에 두 부스씩 아이들을 네 개 모둠으로 나누어 우리가 준비한 것들을 가르치기 시작했다. 너무나 반짝거리는 눈빛을 한 아이들이 더듬거리며 영어와 짧은 태국어로 말하고 나에게 어찌나 집중해 주는지 시종일관 웃음이 나서 참기 어려웠다.

만들기 작품은 상상 이상이었고, 한 번만 설명해도 아이들 스스로 알아서 만들어 냈다. 중간에 교장 선생님이 오셔서 둘러보셨고 아이들의 반응에 흐뭇해하셨다. 특히나 저학년 담임선생님이 처음부터 우리 옆에서 통역하며 협조해 주셨기에 큰 도움이 되었다. 그러다 1시간 예정해 놓은 시간이 다 되어 갔을 무렵, 30분 더 수업을 진행해도 된다는 연락을 받았고 우리는 신나서 수업에 열을 올렸다.

그때 작은 손에 뭔가를 들고 있는 바가지 머리를 한 귀여운 여자아이가 가까이 다가왔다. 그러더니 내 손에 무언가를 꼭 쥐여 주었다. 손을 펴 보니 태국어로 된 쪽지가 들려 있었는데 사실 뭐라고 쓰여 있는지 알 수 없었다.

옆에 계신 분이 보시더니 "사랑합니다"라고 쓰여 있다고 알려 주셨다. 학교에서 아이들에게 편지나 쪽지를 받는 것은 다반사인데 다른 나라 학교에서 다른 나라의 아이에게 이런 쪽지를 받은 것은 처음이라 아주 기분이 좋았다. 그 아이를 기억하고 싶어서 함께 사진을 찍으려 했다. 아이는 그 조그마한 손으로 내 손을 꼭 잡았고 나는 아이의 머리를 쓰다듬었다. 이 아이와 나는 오늘 만난 사이였지만 마치 아주 오래된 사이처럼 느껴졌고 진심으로 아이가 사랑스러웠다.

매일 보는 우리 학교의 아이들이 자식처럼 사랑스럽게 느껴지듯이 조금 전 만났던, 말은 통하지 않지만 눈으로 말하고 온몸으로 좋아한다고 표현하는 이 아이들이 너무나 귀엽고 소중했다. 어느 나라든 아이들은 작고 소중하고 너무나 사랑스럽다는 것을 다시 한번 느낄 수 있었다.

단체 사진을 찍으며 아이들과 함께한 감동을 사진으로 박제했다. 다시 내 얼굴을 보니 그리 행복해 보일 수가 없었다. 이들에게 베풀기 위해 온 우리인데 이들로부터 다시 살아갈 기운을 얻는다. 감사하다.

아이들과 다시 만날 날을 손꼽아 기다리며. 아가들, 사랑한다.

필리핀 이야기 1
봉사활동은 나를 성장케 하는 과정이다

　필리핀으로 5박 6일 짧은 일정의 봉사활동을 떠났다. 58명의 많은 인원이 자신들이 아껴둔 휴가를 봉사활동에 아낌없이 투자하며, 그동안 모아 두었던 쌈짓돈을 우리의 도움의 손길이 필요한 사람을 위해 사용할 준비를 마치고 엄청나게 많은 짐을 싣고 떠났다.

　하지만 이 짐은 빙산의 일각일 뿐, 이미 두어 달 전에 여러 상자의 짐을 배편으로 보냈다. 그 안에는 현지 사람들을 위한 약과 옷과 문구류 등등이 담겨 있었다. 우리는 중요한 물품과 미처 준비되지 못했던 나머지 짐들을 캐리어 안에 가득 싣고 개인 짐은 배낭에 바리바리 담아 무게를 줄였다.

우리 팀은 아주 특별하다. 나이 많은 할머니부터 아주 작은 6살 어린이까지 다양한 연령대의 팀원으로 구성되어 있다. 서로가 서로를 챙기며 하나 된 사랑으로 그들을 품는다. 우리가 행복하지 않으면 그들을 사랑하기 힘들다. 그래서 우리는 전날까지 힘들게 일하고 왔지만 얼굴은 미소로 환했다.

나 또한 전날까지 여름 특강을 마무리하고 2학기 수업을 대략 준비하고 퇴근한 뒤, 부랴부랴 내 여행짐을 꾸렸다. 이미 내 가방은 다른 준비물로 차 있어서 나를 꾸밀 만한 다른 것을 넣는 것은 사치였다. 간단하고 딱 필요한 만큼 넣어 새벽 4시 반까지 집합!

부은 눈으로 비행기를 탔는데 대박인 것은 '기내식'이 나오는 비행기라는 것! 여태 해외로 봉사활동을 다녔어도 기내식은 물론, 물 한 잔 주지 않는 저가 항공을 타고 다녔던 터라 이 밥이 너무나 소중했다.

마닐라 공항에서 국내선으로 갈아타야 하는지라 4시간을 대기했다. 이 정도 대기는 껌이다. 늘 가장 저렴하게 가기 위해 저녁 비행기를 타고 마닐라 공항에 도착하면 국내선은 마감되어 밤새 돗자리를 깔고 공항 바닥에서 노숙해야 했다. 그런데 이번에는 당일 도착할 수 있어 감사했다. 이제는 젊지 않기에 바닥에서 자면 입 돌아갈까 염려된다.

이곳에서 점심을 먹어야 하는데 식당에 자리가 거의 없고 현지 음식이라 난감한 상황이었는데 다행히 자리가 났다. 기가 막히게도 '신라면'을 파는 곳이라 "와~~" 탄성을 지르며 우리는 맛있게 식사를 했다.

이런 감사한 여정이 또 있을까! 도착하기도 전에 감사가 절로 나온다. 어제까지 급식 맛없다고 투덜대던 내 입이, 짐 싸면서 덥다고 에어컨을 빵빵 틀던 내 손이, 혼자만 잘났다고 일하면서 교만하던 내 마음이 하루아침에 달라졌다.

역시 타인을 위한 봉사활동은 결국 나를 성장시키는 과정인 것 같다.

필리핀 이야기 2
힘듦을 잊게 하는 아이들의 미소

　도착한 다음 날부터 우리 모두는 흐트러지는 정신을 똑바로 붙들어야 했다. 이곳의 기온은 열대야인 우리나라와 비슷했으나 높은 습도 탓에 온몸이 끈적이고 땀이 줄줄 흘러 정신이 흐릿해졌다. 또 곧바로 700여 명의 아이들이 간절히 우리를 기다리고 있었기에 우리는 자기의 자리에 맞게 똑바로 준비를 해야 했다.

　10여 년 동안 종종 갔었지만 이번에는 6년이라는 텀이 있어서 그런지 도시의 모습이 달라져 있었고 상가들도 많이 바뀌어 있었다. 전에는 '홍'이라는 프랜차이즈가 독점이었고 '얄랄라'라는 몰이 최신이었는데, 이젠 'SM'이라는 몰이 2017년에 생겨 반짝반짝했고 거의 독점이었다.

그 몰 앞에 있는 큰 체육관을 대관하여 페스티벌을 여는데 이곳에는 우리를 포함한 150명의 스텝과 700여 명의 아이들과 그 아이들을 데리고 오는 부모님들로 북적거렸다. 몇 달 전 보낸 옷들과 문구류 등은 이미 세팅되어 있었고 우리는 한국에서 가져온 재료들을 풀어 준비했다.

예배 후에 달란트 페스티벌 시작! 1년간 아이들이 차곡차곡 모은 달란트로 오늘 갖고 싶은 것들을 다 살 수 있다. 평소에는 못 보고 못 사던 것들을 다 살 수 있기에 아이들은 기다리고 또 기다렸다. 이 아이들의 눈빛을 보자니 내가 여기 이 고생을 하며 왜 왔는지 알 수 있었다.

예전에는 아이들이 질서감이 하나도 없어 위험하기도 했는데, 이제는 이 아이들이 줄을 서는 진기한 광경을 볼 수 있었다. 물건을 사는 아이들에게 엄마들은 위층에서 필요한 것들을 손짓 발짓을 하며 가리켰고 역시나 가장 인기 있는 곳은 먹거리 부스였다.

우리 팀의 책임을 맡고 있는 나는 아이들 속으로 들어가기보다는 전체적으로 부스가 어떻게 돌아가는지, 필요한 것이나 다른 부스의 상황들을 살펴야 했다. 처음에 너무 많은 아이들로 놀랐다가 금세 적응했다. 최선을 다하는 팀원들이 눈에 띄었고, 이에 버금갈 만큼 아이들을 위하는 이곳의 스텝들도 단연 돋보였다.

아이들의 손이 무거워질수록 우리의 마음은 가벼워지고 기쁨으로 부풀었다. 내 뒤에서 달란트 없이 구경하던 아기 엄마가 철장 안으로 손을 뻗어 내 어깨를 두드렸다. 내 손에 들려 있던 부채를 주었고 이게 뭐라고 활짝 웃음을 지으며 좋아라 했다(사실 뭐라도 더 주고 싶었지만 다른 사람들이 몰려올까 봐 더 줄 순 없었다).

몇 시간의 축제는 끝이 나고 바리바리 싸갔던 물품들은 바닥이 났다. 이리 많은 아이들을 처음 본 몇 분은 얼이 빠져 있었고, 차라리 직장을 가서 일하는 게 훨씬 더 낫겠다며 웃었다. 그래, 이런 힘든 일을 우리는 계속해 왔다. 왜냐고? 아기를 낳느라 죽을 고생을 한 엄마가 아기 웃는 얼굴 하나에 그 고통을 다 잊듯이, 이곳 아이들의 행복한 얼굴에 그 힘듦을 다 잊고 다시 오게 되는 거다.

아가들아, 우리가 다시 온 이유는 너희들의 행복한 눈빛 때문이란다.

너희들의 매일이 행복한 하루이길 축복한단다.

필리핀 이야기 3
크리스피 도넛 하나의 감동

　우리 팀은 총 3팀으로 나뉜다. 하나는 의료팀으로 우리 팀의 의사 한 명과 현지인 의사 두 명으로 구성되어 간호사와 약사까지 이 팀에 소속되어 있다. 둘째는 구제팀으로 태풍으로 무너진 집을 수리해 주거나 쌀을 몇백 포씩 나누어 주는 일을 한다. 셋째는 어린이팀. 가장 많은 팀원이 소속된 팀으로 페스티벌과 학교에서 수업이나 체험행사를 하고 마을 아이들을 모아 축제를 열어 주기도 한다. 이번에는 '까방안'이라는 초등학교의 4학년 학생들을 대상으로 체험수업을 진행하기로 했다.

　예전보다 영어를 알아듣는 아이들이 많긴 했으나 초등학생들이라 타갈로그어로 대화해야 용이했다. 그래서 한 파트당 두 명 정도의 스텝들이 함께했다. 그러다 보니 현지 스텝이 우리 팀과 거의 같은 인원으로 참여하게 되었다. 우리 팀은 지글지글 끓는 열정과 스텝들의 노력과 정성으로 아이들을 위한 막강한 팀이 되었다.

나는 팀 리더로 체험수업의 교안을 짜고 재료를 준비하고 점검하며 상황을 리드하는 일을 했다. 일단 수업이 시작되면 상황을 살필 뿐, 나의 할 일은 거의 없다. 그래서 수업이 시작되면 우리 팀을 위해 물이나 음료를 사 오는데 우리나라에서 30~40분이면 끝날 일을 필리핀은 거의 2시간이 걸린다.

전날 까방안 학교의 300명의 학생들을 위해 600개의 과자를 사는데 박스로 살 수 없다고 해서 600개의 과자를 하나하나 계산대로 가져왔다. 그리고 그 과자를 종류별로 다시 분류해 올리면 마트 캐셔가 다시 센다. 수량이 파악된 과자는 포장하는 사람이 종이에 종류대로 포장해 준다. 우리나라에서는 10분이면 끝날 일이었건만 1시간 반에 걸쳐 과자 600개를 살 수 있었다.

이날도 부실하게 아침을 먹고 땀 흘리며 일하는 팀원들을 위해 음료와 간식을 준비하러 몰로 갔다. 음료를 사고 시간을 좀 더 줄이고자 계산하는 중에 나는 봐 뒀던 '크리스피 도넛' 코너로 뛰어갔다. 이미 줄이 길게 늘어 있어 재빨리 줄로 들어갔다. 여기서부터가 문제다! 일하는 점원들이 자기들끼리 떠들고 놀면서 주문을 받고 있었다. 손도 겁나 느린데 놀면서 하니 얼마나 더 느리랴!

내 얼굴은 붉으락푸르락하며 열이 올라오고 있었다. 하지만 그곳에서 줄을 서서 열을 내는 사람은 나만 유일했다. 다른 사람들은 그러려니 하고 딴짓을 하며 여유 있어 보였는데, 난 그게 이해되지 않았다(지금도 이해하기 힘들다). 어찌어찌 1시간가량 시간을 들여 주문하고 포장을 끝냈다. 포장도 어찌나 느린지, 내가 기절하지 않은 게 다행일 정도다.

우리 팀과 스텝들까지 해서 60개 정도의 오리지널 크리스피 도넛과 음료를 들고 학교로 돌아와 간식타임을 가졌다. 모두들 당 충전을 하고 높아진 텐션으로 다음 수업을 이어 갔다. 특히나 현지 스텝들이 신나서 노래하고 춤추며 분위기를 완전히 띄웠고 한 편의 뮤지컬을 보는 것 같았다.

얼마 뒤, 따로 이야기를 들으니 이곳 스텝들이 크리스피 도넛이 간식이란 걸 알고 완전 감동했단다. '크리스피 도넛'은 평소에 먹기 어려운 음식이고 월급을 받거나 특별한 날에 먹는 비싼 음식이었다. 그걸 여기서 먹으니 좋았고 특히나 우리와 같은 것으로 자기들의 간식도 챙겨 주어 감동했다는 것이다.

에고, 이 도넛이 뭐라고… 다시 생각해 보니 비싼 도넛이 아니라, 우리가 자신들을 돕는 자와 도움을 받는 자의 위치에서 보

지 않고, 함께 음식을 나누며 교제했다는 것이 이들에게 감동이
된 것일 테다.

　다행이다. 그리 투덜대며 도넛을 샀어도 이 작은 음식이 선한
영향력을 끼쳤으니 그저 감사할 따름이다. 다음에 가서 또 사
줘야지!

아이들의 이야기꾼
'동치미' 어머님들

'동치미'라는 학부모 북클럽을 만든 지도 어언 10년이 다 되어 간다. 처음 어머님들은 동치미에 가입할 때 '우리 아이에게 뭐라 도 도움이 될까?' 하고 들어오신다. 하지만 전혀 아이와는 상관 없는 프로그램을 보고는 항상 당황하신다. 그리고 두껍고 난해 한 제목의 인문학책들을 보고서 두 번째로 당황하신다. 주로 스 테디셀러의 고전을 읽고, 가끔은 유의미한 베스트셀러의 책을 선정해 읽는다.

이번에 읽을 책은 《티베트 말하지 못한 진실》이라는 책인데 500페이지가 넘어 아무래도 나는 무지 오래 살 듯하다(욕을 엄청 먹었기에! 하하).

어렵게 읽고 온 책으로 서로 소통을 하고, 나는 책 소개와 더불어 그 책이 말하고자 하는 바를 추론하는 간단한 강의를 한다. 그리고 책 속 구절들을 찾아가며 의미 분석을 하고 각자에게 와닿은 느낌을 공유한다.

이 모임에서는 함께 속 깊은 이야기도 하고 어디 가서 할 것 같지 않은 내용의 대화들을 나누며 우리는 조금씩 끈끈해져 간다. 나눔의 힘이랄까? 시간이 지나면서 책과 시간과 우리가 융합되어 가는 느낌이다.

이렇게 조직된 동치미는 만들어진 해부터 학생들에게 1년에 두 번 월요일 아침마다 4회씩 아이들에게 좋은 그림책을 읽어주는 활동을 한다. 희한하게도 시간이 여유로운 사람들보다 시간을 쪼개어 사는 직장인들이 더 많이 신청하는데, 모두들 연차를 내고 참석한다. 처음에는 '뭘 이렇게까지?'라는 생각도 있었으나 지금은 이분들의 마음을 십분 이해한다.

이번 주부터 4주간 월요일 아침마다 어머님들이 8시 10분부터 책을 읽어 주신다. 학생들의 신청으로 선착순 인원을 받았고 어머님들은 그 귀한 휴가를 쓰고 이 프로그램에 참여한다. 여러 번의 고증으로 아이들에게 들려주고 싶은 책을 선정해서 두 분이 짝을 이룬다. 30분가량의 시간에 각자 30명 정도씩을 맡아 활동을 진행한다.

떨려 하면서도 끝까지 내 아이도 아니고 남의 아이를 위해 준비하고 수업해 주신 어머님들께 박수를 드린다. 나는 나눔의 복이 순환한다고 믿는 사람이다. 내가 나눈 복은 선순환하여 반드시 내게로 돌아온다.

오늘 책을 읽어 주시는 학부모님의 아들이 엄마를 지긋이 관찰하면서 선한 영향을 받았을 것이고, 이 아이는 커서 더 좋은 일들을 감당하는 어른으로 자랄 것이다. 그게 이 어머님에게 주어지는 첫 번째 값진 상일 것이다.

어머님들, 오늘도 수고하셨습니다.

V

부모라는 이름으로 살다

존재만으로도 기쁜 존재

아침마다 늘 새벽기도 말씀을 유튜브를 통해 들으며 화장을 한다. 매일 화면으로 만나는 분이라 친숙하고 편안하다. 한번은 자녀에 대한 이야기가 나왔는데 "첫째 아이를 안았을 때 그렇게 행복하더라"라고 했다. 그래서 큰아이의 이름을 아버지의 기쁨이라는 뜻으로 '부열'이라 지었단다. "자녀들이 크면서 자기 속을 한 번도 썩인 적이 없다"라고 하니 아내가 "아이들이 속을 썩여도 당신이 속을 썩지 않으니 그런 거지요"라고 했다는 거다.

움직이던 나의 손이 그대로 멈췄다. 여러 번 들었던 말이지만 나의 마음을 울렸다. 우리 엄마는 나만 낳고 자식을 더 낳지 못했다. 그래서 전국 방방곡곡을 다니며 둘째 아이를 가지려고 노력했지만 허사였다. 이때 집 한 채 값을 들였다고 들었다. 그러다 보니 내가 결혼할 때도 부모님도 나도 내심 걱정이 되었다. 다들 아이부터 기다리던 집이라 혹시라도 잘 안될까 노심초사였다.

결혼하고 바로 아이를 갖기를 원했는데, 몇 달이 지나자 초저녁부터 잠을 자고 식탐이 없는 내가 냉면이 먹고 싶어 눈물이 나는 등 이상행동을 보였다. 혹시나 하는 마음에 병원을 찾았고 꿈에 그리던 "임신입니다!"라는 소리를 들었다.

어린 예비 엄마와 아빠인 우리는 병원 로비에서 두 손을 맞잡고 팔짝팔짝 뛰었다. 유치하기 그지없는 행동이었지만 그 순간 우리는 세상을 다 가진 기분이었다.

그래, 나도 그럴 때가 있었다. 아이가 생겼다는 것만으로도 세상을 다 가진 기분을 우리 아이가 나에게 선물한 것이다.

아가가 배 속에서 자라는 그 귀한 느낌과 갓 태어나서 꼬물거리던 그날, 처음으로 식당에서 세 걸음을 떼던 날, 기저귀를 떼고 팬티에 똥을 한 바구니 싸던 때, 놀이터에서 미끄럼틀을 타고 깔깔 웃어대던 모습, 유치원을 보내고 처음으로 초등학교에 등교하던 모습, 중학교 졸업식과 고등학교 졸업식에 참석해서 꽃다발을 건네주는 것 등등이 나에게 무척이나 행복이었음을 기억해 냈다. 아이가 없었다면 결코 경험하지 못할 순간들이다.

자녀가 크면서 속을 썩이는 일이 많은데, 그러다 보니 행복했던 날들은 기억의 저편으로 숨어 버리고 어느 순간 내 아이는 애물덩어리가 되어 버린다. 아니다. 내 아이는, 모든 아이는 이미 부모에게 줄 만큼의 행복을 이미 주었다. 다만 우리가 기억하지 못할 뿐.

아이에게 더 많은 것을 기대하지 말고 지금 아이가 주는 기쁨을 누리고 행복했던 날들을 기억해 내자.

모든 안면 근육을 써서 웃는 아이의 모습(중학교 가면 그렇게 웃어 주지 않는다), 안아 주는 아이의 따뜻한 품, 공부 못해도 학교에 건강히 다니는 것, 밤이 되면 꼬박꼬박 집에 들어오는 것, 자기 손으로 밥 먹고 뛰어노는 것, 싫어도 학원 가 주는 것, 그 힘든 고등학교에 진학해 자기 길을 찾으려 노력하는 것, 그리고 내 아이가 존재함으로 오늘도 엄마, 아빠라는 말을 들을 수 있는 기쁨을 기억하자.

너희들의 존재만으로도 감사하고 또 감사한다.

딸아, 미안하다

어릴 적, 우리 엄마는 완전 깔끔쟁이였다. 거의 완벽에 가까울 만큼 집은 늘 깨끗했고, 내가 어질러 놓고 학교에 다녀오면 방은 다시 먼지 하나 없는 방으로 변신해 있었다. 그 엄마에 그 딸이라고, 결혼과 동시에 나에게도 '정리병'이 있다는 걸 깨달았다. 늘 깨끗한 걸 보고 자라다 보니 정리하는 게 습관이 되었고, 시간 내어 정리하는 것도 일이라서 항상 제자리에 두는 게 몸에 배었다.

하지만 우리 가족은 그렇지 않았다. 특히나 우리 둘째 아이는 물건을 제자리에 놓는 게 희귀한 일이었고, 방을 정리하는 것은 1년 중 행사였다. 가끔 아이는 내 방에도 침입해 내 물건을 가져가기도 했다. 내 물건을 쓰는 건 괜찮지만 그 물건을 제자리에

두지 않는 행동에는 불같이 화를 냈다. 몇 번의 이런 일들이 발생하자 아이는 내 물건은 제자리에 두려고 노력했다.

오늘 아침, 화장을 하다 보니 내 화장 쿠션이 제자리에 없었다. 바쁜 아침에 짜증이 밀려왔다. 여러 번을 찾은 뒤, "내 쿠션 만진 사람 누구야?" 하고 외쳤다. 남편이 화장실에서 나오며 "난 아닙니다" 한다. 로션도 안 바르는 남편은 당연히 아니다. 그 외 단 한 명, 이 소행은 우리 작은아이다(외국에 있는 큰아이가 밤새 들어왔다 간다면 모를까!).

자는 아이에게 가서 "내 쿠션 어디다 뒀어?" 하며 소리를 질렀다. 아이는 자다 깨서 볼멘소리로 "나 아니야"라고 한다.

'그렇지, 또 아니라고 하지'

난 당연히 그 말을 믿지 않았다. 이 쿠션이 발이 달린 것도 아니고 나 아니면 아이밖에 없기 때문이다. 자기가 아니라는 아이를 두고 다른 쿠션으로 화장을 마무리했다. 하지만 그 쿠션을 찾지 못해 짜증의 잔해가 남아 있었고 나중에 아이가 제정신일 때 자백을 받아 내리라 생각했다.

그러면서 솜을 꺼내느라 밑의 서랍을 열었는데 그 안에 그토록 찾던 쿠션이 다소곳이 앉아 있었다. 그 순간, 잊었던 기억이 떠올랐다. 동선을 고려해 매일 쓰는 칸에 쿠션을 옮겨 놓았었다. 그걸 내가 잊은 것이다.

조용히 준비하고 마치 아무 일도 없던 것처럼 출근했다. 그러면서 속으로 계속 웃음이 났다. 우리 딸은 얼마나 억울했을까? 범인은 나였는데, 아무에게도 말하지 않을 것이다.

딸아, 미안하다.

금수저보단 사랑수저

가끔 아이들이 강아지를 데리고 퇴근 시간에 맞춰 학교 앞으로 마중 올 때가 있다. 강아지 산책 겸해서 오는 것인데 집과 일터가 가까워서 누리는 호사다. 매일 보는 식구이지만 일터 앞으로 마중 온다고 하면 그 순간이 기다려지고 설렌다. 그리고 만나는 순간, 집에서 볼 때보다 훨씬 반갑고 사랑스럽게 느껴진다.

이날도 우리 집 강아지 알콩이 산책을 위해 온다고 급약속이 이루어졌고, 신나는 발걸음으로 아이들이 있는 곳으로 서둘러 갔다. 역시나 이렇게 보는 건 참 기분 좋은 일이다. 차에 태워 가는 중에 아이가 "엄마, 토요일에 고등학교 친구들이랑 약속 있어서 나갈 거야. 근데 친구들이 다 떨어져 살아서 건대 입구에서 만나기로 했는데 멀리까지 가야 해서 피곤할 거 같아"라고 했다.

나는 "그 친구들은 다 뭐 하고 살아?"라고 물으니 "이사 가서 흩어져 사는데, 다들 금수저라서 잘살아" 하는 답이 왔다. 난 순간 우리 아이는 자기를 무슨 수저라고 생각하는지 궁금해졌다. 이건 사실 자기 평가가 아니라 부모의 경제력 계급을 평가하는 단어라 생각한다. 우리 사회의 가치 기준을 여실히 보여 주는 급조된 단어로 매우 부정적인 의미를 나타내고 있다고 생각해서 나는 잘 사용하지 않는다. 그리고 그 단어를 사용하는 사람에게 의미 분석을 해 주는 오지랖을 떨기도 한다.

그런 내가 "친구들은 금수저인데 너는 무슨 수저야?" 하고 툭 던졌다. 내심 '동수저' 정도는 기대하면서.

어른이 된 아이는 잠시 생각하더니 이렇게 말했다.
"음… 나는 금수저는 아니고, 사랑수저야"
"뭐? 사랑수저? 그게 뭔데?"
"어릴 때부터 엄청난 사랑을 받고 자란 사랑수저, 큭큭큭"

운전하다가 속에서 스멀스멀 올라오는 기쁨! '그렇지, 금수저가 뭐라고, 사랑수저에겐 쩝도 안 되지'라고 생각하며 "사랑수저 맞네. 널 사랑하는 사람이 얼마나 많은데, 너 없으면 못 살지. 큭큭큭" 하며 나도 웃었다.

우문현답은 이럴 때 쓰는 말일 거다.

사춘기와 갱년기의 싸움,
더 사랑하는 사람이 지는 게임

　한 어머니가 찾아오셨다. 중학교에 간 자녀가 너무 버거워서 상담하러 오신 거였다. 사연을 들어 보니 아이는 자연스러운 중학생의 모습으로 크게 문제는 없었다. 그러나 어머니는 아이의 말과 행동으로 크게 상처를 받은 상태라, 이미 마음이 무너지고 있었고 우울한 기분이 지속되어 삶이 흔들리는 중이었다.

　일반적으로 중학생의 자녀를 둔 학부모님들은 중년의 나이로 몸에 없던 증상들이 나타난다. 쉽게 피곤해지고 작은 일에도 짜증이 나거나 우울한 기분이 들기도 한다. 때론 이유 없이 등이 젖을 만큼 열이 오르기도 하고 땀에 흠뻑 절기도 한다. 가장 힘든 것은 아마도 '내가 늙어 가고 있구나' 하는 늙어진 마음일 것이다. 그래서 우울감이 들기도 하는데 이런 마음과 현상들을 우린 '갱년기'라고 부른다.

나를 찾아온 학부모님도 갱년기 증상으로 안 그래도 힘든데, 아이의 뼈 있는 한 마디 한 마디가 마음에 대못을 박고, 엄마를 무시하는 행동으로 하루하루가 전쟁터 같다고 고백하셨다. 그러면서 나에게 이렇게 물었다.

"선생님, 갱년기랑 사춘기가 싸우면 누가 이길까요? 아이에게 엄마 갱년기니까 까불지 말라고 했는데 들은 척도 안 하네요"
나는 빙그레 웃었다. "어머님, 당연히 갱년기랑 사춘기가 싸우면 사춘기가 이기죠"라고 하니 억울한 표정으로 반문하셨다.
"왜요? 내가 자기 키우느라 얼마나 힘들었는데! 그래서 몸도 마음도 늙어서 갱년기까지 왔는데, 제가 지기까지 해야 하나요? 너무 억울해요"
나는 좀 더 진지하게 대답했다.
"억울하죠. 근데 갱년기가 질 수밖에 없어요. 사춘기가 세거나 갱년기가 약해서가 아니에요. 부모가 자녀를 더 사랑해서 져 주는 거예요. 부모가 자녀를 사랑하는 만큼 부모를 사랑하는 자녀는 없거든요. 더 사랑하는 사람이 지는 게임입니다"

어머님은 내 말을 알아들으시고는 돌아가서 아이를 좀 더 이해해 보기로, 그리고 아이에 대한 기대를 내려놓는 훈련을 해 보겠다고 했다. 어떤 게임이든 지면 패자가 되고, 이기면 승자가 된다. 그러나 이 게임은 반대다. 아이에게 더 빨리 져 주고, 덜 움켜쥘수록 더 승자가 될 수 있다. 더 많이 이해해 주고 더 표현해 주어서 아이가 다 커 버렸을 때, 후회가 남지 않을 정도면 이 부모의 삶은 승리한 삶이자 성공한 삶이다.

안타깝게도 이 진리는 아이를 키우고 있을 때는 알지 못하다가 다 크면 알게 되는 비밀이다. 공공연히 누구나 말하는데도 알아듣기 힘들고, 반신반의하며 알아도 깨닫기 어렵다. 내 주위에도 아무리 말해도 모르다가 뒤늦게 깨달아 후회하는 학부모들이 적지 않다.

어리든지 크든지 아이들은 아이들이다. 다시 말해 부모는 한결같이 부모여야 한다. 아이에게 부모의 역할을 과하게 하거나 덜하면 문제가 생긴다. 부모답게 아이들을 살피고 필요하다고 하는 만큼의 사랑만 공급하면 된다.

지레짐작으로 더 주거나 덜 주지 말자. 갱년기가 아무리 힘들어도 사춘기의 내 아이를 사랑하기에 우리는 져 줄 수 있다.

떠나보내는 마음

아이들이 태어난 순간부터 아이가 어른이 되어 나의 곁을 떠나기를 꿈꾸며 키웠다. 아이들이 어릴 때 내 손은 아이들을 위해 존재할 뿐, 나를 위해 손을 쓴 기억이 별로 없다. 아이들이 어느 정도 성장한 후에는 내 머리와 마음은 아이들의 교육과 양육을 위해 생각이 가득 차고도 넘쳐 내 삶을 위한 꿈을 꾸기란 쉽지 않았다. 모든 우선순위가 아이들이고 모든 선택의 기준이 아이였다. 내 삶을 위해서, 눈을 감고 뜨면 아이들이 어른이 되어 있기를, 그래서 나와 분리되기를 꿈꾸며 참고 참고 또 참았다. 아이들을 위해 기꺼이 캔디가 되기로 했다.

아이들이 성장해서 공식적으로 성인이 된 그날, 나는 나의 어깨에 조그마한 작은 날개를 달았다. 드디어 내 인생을 살 수 있게 되었다는 기쁨, 일하다가도 끼닛거리를 걱정하지 않아도 된다는 안도감, 그리고 교육적으로 엄마의 역할을 벗어났다는 진정한 자유로움이 나를 매일매일 훨훨 날게 했다. 이 기분은 꽤 오래 꿀잠을 자게 만들었다. 그리고 조금만 더 버티면 아이들과 나는 독립적인 존재로서 각각의 삶을 살 거라는 기대로 흐뭇했다.

큰아이가 학교에서 주최하는 인턴십에 합격하여 외국으로 급히 가게 되었다. 예정에 없던 일이라 한 달 안에 서류심사와 2차 면접, 3차 기업 인터뷰까지 진행되었고 2주 반 만에 떠날 준비를 마쳤다. 정신이 혼미할 만큼 폭풍 같은 시간이 흘렀고, 어느 새벽에 일어나 조용히 기도하는 시간에 비로소 아이와 이별해야 하는 것이 실감이 나 작은 충격을 느꼈다.

분명 아주 좋은 일이고 매우 감사할 일인데, 그리고 너무나 바랐던 일이었는데, 이 작은 이별이 마음을 뭉클하게 만들었다. 더구나 작은아이까지 주말 인턴에 합격이 되며 함께할 시간이 거의 없게 되자, 나는 상당히 이상한 기분에 사로잡혔다. 마치 영화 속에서 악당이 주인공을 잡아 바로 죽이면 되는데 주저리주저리 얘기하며 시간을 끌다 자기가 죽는 이해 안 되는 상황처럼, 그토록 바라고 바라던 독립된 삶의 고지가 바로 앞에 있는데 주춤거리며 충분히 행복해하지 않는 내 모습이 이해가 되지 않았다.

언젠가는 모든 자녀는 부모를 떠나야 한다. 이것은 거리의 간격을 이야기하는 것이 아니다. 자녀는 자신의 삶을 오롯이 살아내며 자신이 결정하고 선택하는 삶을 살아야 하는 권리가 있다. 또한 부모도 20년 정도 부모의 이름으로 살았다면 이제는 자신의 이름을 되찾아 노년의 삶을 준비하며 제2의 인생을 살아가야 한다. 서로를 놓지 못하는 것은 서로에게 참으로 못 할 짓이다.

안다. 알고 있는데 마음이 이상하다. 정신은 이성적인데 갑자기 눈물이 나기도 하고 가슴이 울렁거린다. 아이를 떠나보내는 공항에서의 이별의 순간이 생각만으로도 공포스럽다. 아무도 울면 안 된다. 한 명이 눈물샘을 터트리면 모두 울 것 같다.

나는 마음으로 준비한다. 아이를 잘 보내 주는 것, 진짜 어른처럼 떠나보내 주는 것, 언제든 든든한 품으로 너를 지지하고 있을 것이라 마음을 단단히 하며 손 흔들어 주는 것을 말이다.

"아이야, 네가 어떤 삶을 살든 나는 너를 응원할 것이다"

몸의 거리, 마음의 거리

　과로로 된통 아프고 난 후 내 몸도 추스르지 못하고 있을 무렵, 타국에서 일하는 아이가 몸이 좋지 않다는 연락을 받았다. 평소 식습관이 나빠서 걱정이 이만저만이 아니었다. 인스턴트를 즐겨 먹고 배달음식을 애용하는지라 한국에 있을 때도 종종 잔소리를 했고 집밥을 억지로 먹게 했었다. 성인이 되어도 잘 챙겨 먹지 않고 말도 잘 듣는 편이 아니라 눈엣가시 같았다.

　그런 아이가 다음 날 열이 나서 출근도 못 했단다. 하필 챙겨 주던 지인도 일이 있어 한국에 들어와 있었다. 열이 올라 얼굴이 붉고 목은 부었단다. 코로나 검사를 했는데 음성이 나왔다며, 그래도 열 때문에 전화로만 처방을 받아 약만 먹고 있다고 했다. 방 안에만 있어 심심하다고 투정하길래 햇반을 물에 넣어

끓여 먹고 약을 먹으라고 신신당부했다. 그래도 안 할 거 같아 사진 찍어 보내라고 했다. 다 큰 아이한테 이리 말하는 내가 한 심했다.

저녁이 다 되도록 사진은 고사하고 연락도 없었다. 2시간 차이라 이미 그곳은 한밤인데 연락이 없어 걱정되기 시작했다. 전화를 한 번, 두 번 해도 받지 않았다. 이젠 걱정을 넘어 애가 타기 시작했다. 시간을 두고 다시 연락하니 그제야 연락을 받았다. 하지만 얼굴은 아까보다 훨씬 안 좋아 보였다. 열이 나서 힘들어하며 저녁도 굶고 약만 먹은 모양이었다.

"몸은 어때?"
"나 확진이야"
가슴이 철렁했다.
"저녁은 먹었어?"
"아니, 내가 알아서 해!"

아이가 짜증스럽게 말하길래, 소리를 쳐 가며 혼을 냈다. 하지만 내가 할 수 있는 게 그게 전부였다. 밥을 해 줄 수도, 약을 챙겨 줄 수도 없었다. 그냥 이 땅에서 발만 동동 구르는 게 전부였다.

그렇게 근심 어린 마음으로 기도하다가 잠이 들었지만, 밤새 잠을 설쳤다. 그러다 보니 다시 컨디션이 좋지 않았다. 하지만 지금은 내 몸이 중요한 게 아니었다. 아침에 눈을 뜨자마자 전화하니 밤보다 좀 나아진 듯 보였다. 아침이라도 먹이면 마음이 편할 텐데 우리의 거리는 너무나 멀었다.

아이가 잘 지낼 때는 멀리 있어 신경 쓰지 않아도 되니 너무 좋았다. 그러나 지금처럼 아이가 아프니 멀리 있어서 마음만 힘이 든다.

에잇, 눈에서 멀어졌으니 마음에서도 멀어져라!

내 사랑하는 딸에게

나는 가족들이 모두 늦을 때 너와 했던 밤 산책이 참 좋았나 봐. 둘이 조잘조잘 수다 떨며 알콩이 산책 겸 운동을 함께 했던 시간이 꽤 큰 즐거움이었던 것 같아.

아침에 일찍 일어나는 나와 달리 넌 느지막이 일어나 어슬렁 거리며 잠을 깨잖니. 일어나자마자 네가 잘 자고 있는지 문 앞에서 너의 잠자리를 확인하는 것도 좋았어. 잘 자는 네 모습을 보면 안심이 됐거든. 그리고 네 방이 너로 인해 꽉 차서 허전하지 않았거든.

네가 채우는 웃음소리가 듣기 좋았어. 우리가 그냥 지나쳐 버릴 농담도 너는 한참을 웃어 가며 우리 공기의 빈틈을 웃음소리로 메워 주었지. 그래서 우리의 대화가 끊이질 않았었나 봐.

 나는 너의 질문들이 매우 귀찮고 쓸데없다고 생각했는데 그 질문들이 좋았나 봐. 잠시도 쉬지 않고 나에게 말을 거는 이가 있어, 나 자신이 필요한 존재라고 생각한 것 같아.

 가족이 늘 소중하다고 말하는 네가 좋았어. 이젠 내가 가르칠 게 없다는 생각이 들었거든. 가끔 너의 말을 들으며 다시 한번 가족의 소중함을 되새기기도 했고 말이야.

 난 너랑 저녁을 뭘 먹을까? 오늘 뭘 할까? 하며 행복한 고민을 했던 것이 좋았나 봐. 정신없이 돌아가는 삶 속에서 잠깐의 쉼을 너와 함께했으니 말이야.

 그런데 이런 소중했던 걸 몰라서, 네가 하는 게 뭐가 있냐고 타박을 줘서 미안해. 외국에 가서 네가 많이 성장해서 오기를, 네가 변화되어 돌아오라고 말해서 미안해. 사실 이번 일을 통해 내가 달라지기를, 너의 소중함을 처절히 깨닫고 너의 존재를 있는 그대로 바라보라고 잠깐의 이별이 있는 게 아닐까 하는 생각이 든다. 네가 떠난 지 1시간도 안 된 지금에야 이걸 깨달아 미안해.

 네 방을 보고, 네 침대를 보고, 네가 먹다 놓고 간 음료가 덩그러니 식탁에 놓여 있는 것을 보고, 네가 그토록 사랑하는 알콩이가 네 방에서 너를 찾는 것을 보고, 나와 네 아빠가 어색한 침묵의 허전함을 어찌해야 하는지 몰라 하는 것을 느끼고, 그리고 내 맘이 텅 빈 것 같은 다 먹은 깡통이 돼 버린 것을 느끼며, 내 눈에서 뜨거운 눈물이 자꾸자꾸 솟아나는 걸 참을 수가 없는 걸 느끼며.

내가 나도 모르는 사이에 이렇게나 널 사랑하고 있었나 보다.

어렵게 키운 아이,
더 큰 행복이 기다린다

아이가 넷인 집이 있다. 그 집 엄마에게 "아이들이 넷이나 돼서 힘드셨겠어요" 하니 어머니가 "에구 아니에요. 둘째부터는 거저 키웠어요. 첫째를 키우고 나니 동생들이 커 있더라고요" 하신다. 키울 때 큰아이가 제일 신경 쓰이고 둘째는 아니까 덜 신경 쓰이고 셋째부터는 이쁘기만 하다는 것이다. 다시 말하면 첫째는 이쁘고 둘째는 이뻐 죽겠고 셋째부터는 이미 죽었다는 것이다.

배를 잡고 웃으며 고개를 연신 끄덕였다. 나 또한 그랬으니까. 큰아이를 낳고 너무나 행복했다. 아이가 귀한 집안이다 보니 '아이가 생기지 않으면 어떡하지?' 하는 불안함이 있었다. 엄마가 둘째를 갖고 싶어 집 한 채 값을 산부인과에 줄 만큼 노력했지만 허사였기 때문에 말은 하지 않았지만 가족 모두가 아기 소식을 고대하고 있었다.

드디어 아기가 생겼고 이 아기의 탄생은 이미 절대적 사랑을 받을 거라는 암묵적 계시가 있었다. 아이는 커 갔고 많이 산만했고 호기심이 왕성했다. 산만함이나 호기심이 많은 건 그 아이의 특징이지, 좋고 나쁜 것은 아니다. 더구나 호기심이 많으면 산만해지는 것이 당연했다. 하지만 그것을 그때는 몰랐고 이 아이를 튀지 않게, 우리나라의 교육제도 안에서 바람직한 아이가 되게 하려고 피나는 노력을 했다.

내 입장에서는 피나는 노력이지만 아이 입장에서는 '세상 살기 힘들었겠다' 싶다(이 글을 통해 큰아이에게 미안함을 전한다). 이해보다는 아이가 학교에서나 사회에서 필요한 사람으로 만들어야 한다는 사명감에 불타서 결국에는 나도 불타고 아이도 불탔다. 참 슬픈 이야기다.

그러다 보니 어느새 이 아이는 나에게 세상 제일 어려운 아이가 되어 버렸다. 아무리 내가 노력해도 변하지 않는 아이, 나와는 소통이 되지 않는 아이, 내가 이해할 수 없는 아이, 그리고 나를 아주 싫어하는 아이로 변해 있었다.

눈물로 아이를 키우는 어리석은 나를 보며 어느 나이 지긋하신 분이 "기다려 봐, 어렵게 키운 아이일수록 커서 부모에게 더 잘해. 나 봐. 우리 애도 엄청 힘들게 키웠는데 지금 잘하거든"이라고 하셨다. 나는 속으로 반신반의하며 "저는 그럴 것 같지 않아요" 하며 슬프게 말했다.

아이는 성장하고 멋진 어른이 되었다. 옆에서 청소년을 키우고 있는 한 엄마가 힘들어한다. 나는 "에구 지금은 좀 힘든데 기다려 봐요. 어렵게 키운 자식일수록 커서 잘한다잖아요. 나도 그랬거든요. 분명히 커서 잘합니다"라고 위로한다.

맞다. 어렵게 키운 자식도 자식이다. 그 자녀가 커서 어른이 되면 부모가 어떤 마음으로 키웠는지 알게 되고, 그러면 서로 이해의 고리가 만들어진다. 당연히 그 바탕에는 헌신하는 사랑이 깔려 있어야 한다.

부모들이여! 나보다는 좀 쉽게, 그러나 결코 쉬운 마음으로 아이를 키우지는 말기를.
그러면 반드시 그 어려웠던 자식이 효도합니다!

좋은 부모는
좋은 어른이다!

　요즘 오은영 박사가 하는 프로그램마다 충격적이다. 10년 전
〈우리 아이가 달라졌어요〉 때만 해도 밥을 안 먹겠다고 2시간
씩 떼 부리는 아이라든가, 화가 나면 소리를 바락바락 지른 아
이들이 나왔다. 그중 손가락을 심하게 빠는 아이를 보면서 혀를
끌끌 차며 엄청 걱정했던 기억도 있다. 대부분의 솔루션이 부모
의 바른 사랑 표현이라거나, 넘치지 않는 절제된 사랑을 주라는
것이었다. 결국 아이의 병은 부모가 키우는 거였다.

　이 당시 나는 아이들이 어렸고 홀로 육아를 하고 있어서 늘 외
롭고 허덕이던 상황이었다. 아이들이 너무 사랑스럽고 힘이 되
는 존재는 맞지만, 나를 고립시키고 힘을 잃게 만드는 존재이기
도 했다.

그러다 보니 아이들에게 짜증도 내고 훈육할 때면 나의 감정을 쏟아 내기도 했다. 곧 후회했지만, 아이들에게 사과를 한다거나 내 마음에 대해 설명하지는 않았다. 아이들이 중요했지만 가끔은 나도 중요했다. 나를 생각하는 마음과 아이들에게 미안한 마음이 부딪쳐 괴로울 때쯤, 〈우리 아이가 달라졌어요〉라는 프로그램을 보게 되었다.

문제가 있는 아이들을 보면 그게 내 아이의 마음은 아닐까 하며 마음 졸이면서 시청했고, 솔루션이 나오면 내가 그 부모 같지는 않을까 하며 마음을 졸였다. 하지만 시청하고 나면 내 안의 카타르시스로 인해 용기가 났고 아이들에게 "엄마가 아까 미안해"라는 사과와 나에 대한 설명을 했다.

때로는 "아가들, 엄마가 하늘만큼 사랑해"라고 사랑고백을 하기도 했다. 처음에는 어리둥절해하던 아이들이 나중에는 "엄마, 또 〈우리 아이가 달라졌어요〉 봤지?" 하며 놀리기도 했다. 그러면 난 멋쩍은 웃음으로 넘어갔다.

이제 〈우리 아이가 달라졌어요〉보다 강력한 〈요즘 육아 금쪽 같은 내 새끼〉가 나온다. 너무 강력해서 처음에는 보는 내내 나의 옷깃이 젖을 만큼 울었다. 어린아이가 저렇게까지 괴로워할 수 있다는 것도 처음 알았다. 그 아이를 인내하며 바라보는 부모다운 부모를 보며 자기반성을 하기도 했다. 이제는 부모의 양육방식과 관계없이 오롯이 아이로 인해 문제가 만들어지기도 한다. 예민한 아이, 너무 섬세한 아이, 원인 모르게 그냥 아픈 아이 등등 서럽게 아픈 아이들과 부모를 보게 되었다.

예전에는 '답'이 있었는데 이젠 답이 없다. '답이 없다'라는 건 참 무서운 일이다. 다만 지속된 노력으로 상황을 나아지게 만드는 게 솔루션이다. 나아지기 위해서는 시간과 정성이 필요하다. 시간과 정성을 들여 긴 시간 답을 찾아가다 보면 언젠가 아이의 마음이 평안해지고 행복해질 수 있게 될 거라 믿는다. 또한 이것을 우리는 소망한다.

부모는 어렵다. 아이가 아가일 때도 어렵고, 청소년기에는 더 어렵고, 아이가 어른이 되면 더 어려워진다. 그럼에도 그 어려움을 통해 우리는 성장하고 성숙한다.

부모라는 이름이 주는 문제를 잘 풀어 가다 보면 어느새 나는 비로소 진정한 어른이 된다. 좋은 어른으로서 '금쪽같은 내 새끼'뿐만 아니라, '금쪽같은 남의 새끼'도 품어 주는 든든한 어른이 되어 보자.

세상 가장 소중한
맛없는 도토리묵

입맛이 까다로운 나는 소식파다. 크게 좋아하는 음식이 없어서 먹는 것이 곤욕일 때도 있다. 하지만 가끔 도토리 묵사발이 당겨서 급작스럽게 포장해서 먹을 때도 있고 동생이 가끔 묵사발을 만들어 주기도 한다. 쳐다도 보지 않던 음식이 어느 날 갑자기 좋아지기도 하나 보다.

부모님이 지방으로 내려가 농사를 짓기 시작했는데 안 하던 일을 하느라 팔을 움직이기 힘들어하셨고, 검사해 보니 두 분 다 근육이 파열되어 수술을 해야 하는 지경에 이르렀다. 엄마는 연골주사를 맞고 진통제를 드시면서 위기를 넘겼고, 아빠는 덜 바쁜 겨울에 수술하겠노라 예약한 상태다. 그러다 보니 저녁마다 끙끙 앓으며 잠이 드셨고 통증으로 자주 잠에서 깰 수밖에 없었다. 나는 안쓰럽기도 하고 안 해도 되는 일을 사서 하는 것 같아 화가 나는 마음으로 자주 잔소리를 했다.

"일하러 내려온 것도 아니면서 도대체 일을 왜 이리 많이 하는 거야? 몸 생각을 해야지"

오랜만에 부모님을 볼 겸 집에 내려가니 일거리가 산더미처럼 쌓여 있었다. 고추 농사에 고구마, 비트, 배추, 가지, 무 등등 해야 할 일이 한두 가지가 아니었다. 서울에서는 노래 교실과 운동만 하고 다니던 분들이 노년에 농사를 짓다 보니 육체적, 정신적 어려움이 말이 아니었다.

그럼에도 '땅을 놀릴 수 없다'라고 하시니 자식인 나는 지켜보아야 했다(펄 벅의 《대지》 속 왕룽 같다). 내려간 김에 맛있는 걸 사드리려고 하루 강릉 데이트를 했다. 회도 먹고 바다도 보고 돌아왔다. 좋으시면서도 일을 하루 못 했다며 투정도 하셨다.

다음 날 새벽, 나는 잠결에 분주한 소리를 들었다. 느지막이 나가 보니 식탁에 어제까지 없던 도토리묵이 쑤어져 있었다. 후에 들어 보니 여름 내내 우리 집 뒷산에서 도토리를 모아 말리고 껍질을 벗기고 1시간이나 떨어진 원주까지 가서 갈아와 어제 물에 불려 놓고 있었단다. 어제 하려 했는데 못 하게 되어 새벽부터 일어나 4시간을 들통 속의 묵을 번갈아 가며 젓고 있었다. 안 그래도 팔 쓰지 말라고 의사가 신신당부했건만 그놈의 묵이 뭐길래 두 팔로 붙들고 4시간을 넘게 젓고 있는지, 나는 그냥 기가 막혔다.

나의 입은 잔소리로 열렸고 부모님은 난처해하며 "어디 가서 이런 귀한 걸 먹겠니? 이런 건 돈 주고도 못 먹는 영양덩어리야. 도토리묵은 몸속의 염증을 제거해 주고 암에도 좋은 거야. 그리고 우리 딸이 좋아하는 거잖니!"라고 하셨다.

서울에도 '묵'은 지천에 널려 있다. 비싸지도 않은 음식이라 손쉽게 구할 수 있는 건데 왜 이리 힘들게 오랜 시간 그 팔로 정성 들여 만드는지 이해되지 않았다. 아니 이해하고 싶지 않았다. 계속 화를 내는 내게 엄마는 묵 귀퉁이를 떼어 내 입에 넣어 주셨다.

생긴 것도 시장에 파는 묵과 달랐고 맛도 씁쓰레하니 쓰고 떫었다. "윽, 맛없어" 하고 엄마에게 말하니 원래 진짜 묵은 이런 맛이라며 이런 묵이 좋은 거라고 여러 번 강조하셨다. 그래도 여전히 맛있지는 않았다. 하지만 이 묵이 소중한 음식이라는 건 알았기에 엄마에게 몇 개 싸 달라고 했다.

싸 간 묵을 서울의 가족들에게 나누어 드렸다. 다들 너무나 맛있다고 귀한 음식을 주어 고맙다는 반응이었다. 그들은 묵을 어떻게 만드는지 알고 있기에 말하지 않아도 귀한 줄 알았다. 나에게는 맛이 없게 느껴지는 이 맛을 그리워하고 있던 거였다.

냉장고 속의 묵을 내려다보며 나는 우리 엄마의 정성을 생각한다. 누가 나에게 이런 귀한 음식을 만들어 주겠는가! 얼마 전 요즘 유행한다는 비싼 '파인 다이닝(fine-dining)'의 코스요리도 먹어 봤으나 이 도토리묵 한 덩이와 비교할 수 없다.

내 부모님의 4개월의 시간과 땀이 녹아 있는 묵 한 덩이가 내 맘을 묵직하게 만든다.

시금치와 내리사랑

무남독녀로 곱게 키워진 나는 입맛이 까다롭기로 유명하다. 그래서 식사할 때마다 지인들에게 하도 욕을 먹어 오래 살 거라고 하는 말까지 들었다. 게다가 저주받은 장을 갖고 있어 틈만 나면 탈이 나서 더욱 조심하는 편이다.

어릴 때부터 시작된 편식으로 엄마는 지금까지 전전긍긍하신다. 잘 먹지 않아 잔병치레가 잦았고 지금도 여전하다. 그러다 보니 내가 먹고 싶다는 음식을 위주로 외식을 하거나 음식을 만들고, 엄마는 물론이고 지인들도 나에게 먼저 물어보고 식사 메뉴를 결정하거나 먹고 난 뒤 괜찮은지 물어보는 배려를 해 준다.

엄마가 병원 방문차 우리 집에 오래 머물게 되었고 진수성찬을 매일 만들어 풍성한 식탁을 차려 주셨다. 우리 냉장고와 전자레인지가 놀랄 만큼 날마다 요리를 하셨다. 보통 냄비가 하나 정도 나와 있어도 먹을 게 있다고 말하는 우리 집에, 엄마가 오시니 냄비가 세 개씩 나와 있어 우리는 뭘 먹어야 할지 행복한 고민을 하기도 했다.

보통 출근 시간 때문에 내가 먼저 밥을 먹고 다른 가족은 이후에 먹는다. 엄마는 나와 먹기도 했고 늘어지게 자다 일어난 아이와 먹기도 했다. 한 날은 식탁에 밥과 국을 차리고 있는데 엄마가 슬며시 오더니 식탁에 차려진 반찬 하나를 뚜껑을 닫아 도로 냉장고에 넣는 것이다. 평소 같으면 "딸, 이거 좀 먹어 봐. 이거 맛있으니 많이 좀 먹어라"라고 하셨을 텐데 오히려 반찬을 숨기듯이 냉장고에 넣으니 눈길이 더 갔다.

나는 대뜸 "그거 시금치나물이지? 근데 왜 숨겨?" 하고 물으니, 엄마는 "얼마 남지 않아서 이따 니 딸 일어나면 먹이려고…" 하며 멋쩍은 웃음을 짓는 거다.

"어머 어머, 지금 시금치 내가 먹을까 봐 숨긴 거야? 그깟 시금치 하나로 나를, 하나밖에 없는 엄마 딸을 버린 거야?"

나는 일부러 더 큰 소리로 따져 물었다. 반은 농담이지만 반은 진심이었다. 살면서 엄마가 나 먹는 게 아까워 숨긴 것도 처음이고, 날 뒤로하고 손녀를 택한 것도 이례적이었다. 피식 웃음이 나며 일부러 엄마를 한참을 더 놀려댔다.

나중에 딸에게도 "할머니가 아침에 시금치 너 먹인다고 엄마 안 주고 숨겼어"라고 심술 맞게 이야기하니 더 좋아한다. 사실 나도 시금치가 얼마 안 남았길래, 먹지 않고 시금치를 좋아하는 딸 주려고 했었다.

엄마, 요건 몰랐지?

손녀 바보

느지막한 저녁, 내일 독서 동아리 모임이 있어 부랴부랴 미처 다 읽지 못한 책을 들고 집 앞 카페로 향했다. 우리 집은 역 주변이라 사방에 카페가 즐비하다. 그래서 커피와 책을 좋아하는 나는 기분에 따라 카페를 선택해 가곤 한다. 혼자서 즐기는 시간이 '작지만 소중한 행복'이라 자주 이런 시간을 사수하는 편이다.

저녁이라 사람이 하나도 없어서 구석 자리에 조용히 가서 책을 읽었다. 창을 다 연 곳이라 바람이 들어와 살랑살랑 내 머리를 흔들며 분주한 마음까지 정리해 주었다.

책을 집중해 읽고 있는데 어느 순간 시끄러워 주위를 둘러보니 테이블에 사람들이 거의 차 있었다. 옆 테이블에 할아버지

정도의 남자 두 분이 이야기를 너무 크게 하셔서 나뿐만 아니라 그곳 전부가 들을 수 있을 정도였다. 인상을 찌푸리며 다시 책을 읽고 있는데, 전화까지 하신다.

그런데 완전 반전이다. 목소리를 깔고 아주 상냥하고 친절한 할아버지의 목소리로 조용조용 존댓말까지 하시며 딸과 통화하신다. "할아버지가 많이 많이 제일 사랑한다고 전해 줘"라고 말씀하시는데 찌푸렸던 인상은 펴지고 웃음이 배시시 나왔다. 이분은 가족을 무척이나 사랑하시는 스윗한 할아버지였다.

우리 아빠도 우리 아이들에게 저분 못지않다. 큰아이가 호주에 간 뒤로 이 아이가 보고 싶어 맘고생을 하셨다. 영상통화를 하면 옆에서 목소리만 들어도 침을 질질 흘리신다. 잘 웃지도 않고 말수도 거의 없는 분인데 이름만 들어도 "허허허허허" 얼굴과 온몸으로 사랑을 표현한다.

우리 아이들은 할아버지를 '손녀 바보'라고 부른다. 그러면서도 할아버지의 사랑을 고마워하며 다 큰 뒤부터는 할아버지의 간식을 택배로 부치며 챙긴다.

저편에 앉아서 꽁냥꽁냥 사랑을 속삭이는 젊은 연인들보다 나는 이 할아버지의 사랑고백이 훨씬 사랑스럽고 아름답다. 할아버지가 카페에서 큰 소리로 떠드셔도 웃으며 들으련다.

VI

너와 나,
함께 성장하는 오늘

관순 언니, 사랑합니다!

3월 1일 무렵, 쉬는 날에 친한 동생과 오랜만에 점심을 먹으러 근교로 나갔다. 동생의 아들까지 동행해서 아이가 좋아할 만한 곳을 찾아갔다. 밥을 잘 먹게 하기 위해 "밥 잘 먹으면 카페 가서 게임 30분 하게 해 줄게"라고 약속도 했다. 아이는 신나서 밥도 잘 먹고 게임하는 시간을 기다리고 있었다. 사랑스러운 이 아이는 만들기도 그리기도 좋아하고 또래의 아이들처럼 뛰어놀기도 좋아한다. 다만 책 읽기를 썩 좋아하지 않아서 만날 때마다 직업이 직업인지라 독서를 독려한다.

맛있는 간식을 먹이고 게임을 하게 하려 하는데, 무심코 "너 3.1절이 어떤 날인 줄 알아?" 하고 물었다. 3학년이 되었기에 모르면 알려 줄 요량이었다.

"몰라요"

"그래도 유관순은 누군지 알지?"

우리 학교의 1학년들도 '유관순 열사'의 이름 정도는 알고 있기에 당연히 알 거라 생각했다. 그런데 아이는 "유관순이 누구예요? 모르는 사람이에요"라고 말했다.

그 순간 나는 이모에서 교사로 변했다, 지킬 앤드 하이드처럼. 조카에게 그 순간이 그렇게 느껴졌을 것이다. "책을 얼마나 안 읽었으면 유관순을 몰라? 엉? 지금부터 이모 말 잘 들어. 유관순은 말이지…"하며 10분 정도 간단하게 설명하고 인터넷으로 유관순 애니메이션 영상을 찾아 40분 정도 시청하게 했다.

그리고 마지막으로 그녀에 대해 어떤 생각을 하게 되었는지 물었다. 아이는 게임을 못 하게 되어 속상한 데다 오랜 시간을 공부 아닌 공부까지 하게 되어 낭패인 모양이었다. 그 아이의 마음을 아는데도 이렇게라도 해서 유관순 열사에 대해 알려야겠다는 어떤 소명이 나에게 있다.

2015 교육과정의 화두는 단연 '융합'이다. 전에는 창의력, 사고력 발달이었다가 '통합'으로 주제가 변하며 각 교과가 유기적으로 이어져 학생들에게 하나를 깊이 있고 심도 있게 가르치는 것이다. 5학년 국어 교과 속의 '유관순' 이야기에 맞춰 융합 독

서의 주제로 잡고 책과 다른 교과를 연계했다.

　예를 들어, 유관순에 맞게 독서를 하고 국어 시간에는 교과로 제시문을 독해하고 '유관순 열사에게 감사 편지 쓰기'를, 미술 시간에는 '태극기 만들기'를 진행하며, 사회 시간에는 '일제강점기'에 대해 알아가는 등 2주 정도 유관순 열사를 비롯하여 일제 강점기 시대의 독립운동가들까지 조사하여 학습하게 된다.

　이 효과는 강렬하다. 학생들이 처음에는 다 안다는 듯이 시큰둥했다. 그러나 과제로 유관순 도서와 영화 〈항거: 유관순 이야기〉를 보고 오게 하면 그때부터 생동감 있고 살아 있는 수업이 가능하다. 유관순의 삶 그대로가 아이들에게 감동이기 때문에 그 마음만 살짝 건드리면 아이들은 스스로 더 깊은 깨달음을 향해 달려간다.

　마지막 활동으로 모둠 프로젝트를 구성하는데 학생들 스스로 어떤 테마와 콘셉트를 정할지 토의하고 그것을 한 주간 준비해서 발표한다. 어떤 모둠은 연극을 하기도 하고, 우리에게 알려지지 않은 독립운동가의 삶과 업적을 조사하여 발표하기도 한다.

　인상적인 모둠 중에 태극기를 잔뜩 들고 와서 나누어 주길래 왜 그러냐고 물으니 "10개 신청했는데 모르고 50개가 배달됐어요. 그래서 반 친구들에게 모두 나눠 주려고요. 선생님도 드릴게요" 하면서 태극기를 선물했다. "푸하하하, 어쨌든 모두에게 의미 있는 선물이 되겠구나" 하며 감사히 받은 적이 있다.

또 한 경우는 5학년 남학생이 유관순이 되어 여자 한복을 곱게 차려입고 와서 맛깔나게 연극을 했던 일이다. 열정과 힘이 넘치는 유관순을 잘 소화해서 연기하다가 의자가 필요했는지 교실을 날라 두 손에 번쩍 의자를 들고 무대로 나왔다. 치렁치렁 치마를 입고 날아다니는 남자 유관순이라니! 우리는 자지러지게 웃었다. 비록 그녀의 삶은 고되고 고통스러운 신념으로 짧은 생을 살다 갔지만, 그녀의 신념은 이념이 되어 후대까지 우리에게 즐거움과 행복을 주고 있었다.

1910년대 청소년인 유관순 열사가 도둑으로 오인받은 조선여인을 구하고 한 이야기가 있다.

"우리가 조선인인 것은 부끄러운 일이 아닙니다. 나라를 빼앗겼다고 하더라도 우리 스스로 그것을 인정하고 받아들여서는 안 됩니다. 옳지 않은 일에는 스스로 떳떳하게 조선인의 이름을 걸고 싸우십시오. 상대가 일본이든 누구든 소중한 것을 그리 쉽게 내어주지 마세요"

2020년대를 살고 있는 나에게도 이 말은 울림을 준다. 내게 귀한 것을 그리 쉽게 내어주지 말라는, 옳지 않은 일에는 떳떳하게 싸우라는 말에 학생들뿐만 아니라 나 또한 울컥한다. 그녀는 삶으로도 말할 수 없는 감동을 주었건만 대화 속에서의 한마디 말도 생생히 살아 있다.

관순 언니, 감사하고 사랑합니다.

일그러진 영웅과 진정한 영웅

요즘 6학년 아이들과 《우리들의 일그러진 영웅》으로 수업을 한다. 예비 중학생이라 여름에도 고전과 중학교 필독서를 과제로 읽게 하고, 전체 학생이 읽은 반은 그에 맞는 상을 주기도 하는 등 독서 관련 행사와 세밀한 수업 지도를 했다. 그래서 그런지 아이들의 독서 수준은 날로 발전하는 듯하다.

이문열 작가의 《우리들의 일그러진 영웅》도 제법 어려운 책이지만 학생들은 매년 이끄는 대로 잘 따라왔다. 책 속의 권력자인 '석대' 같은 아이는 지금도 교실에 존재하고, 그 아이 밑에 복종하는 아이들도 때론 존재하기에 아이들은 현실감 있게 책을 읽고 토의했다.

이 책을 읽기 전, 아이들과 영웅에 대한 이야기를 나눴다. 당연하게도 아이들에게 영웅은 헐크, 아이언 맨, 토르 등이었다. 게임 속의 캐릭터를 말하는 아이도 있었다. 우리 아이들에게 어벤져스는 가장 가깝게 볼 수 있는 영웅들이었다. 삶 속에도 영웅이 존재하고 경험해 봤다면 지금과 달랐겠지만(내 어린 시절, 둑방이 무너지는 것을 손으로 8시간가량을 막고 있던 사람을 '영웅'이라 불렀던 기억이 있다).

아이들에게 삶의 영웅은 너무 멀고, 판타지 속 영웅은 너무 흔하다. 어벤져스를 외치는 남자아이들에게 "이 책의 주인공은 어벤져스가 아니란다"라고 말하며 수업을 시작했다.

이 책의 시대적 배경은 이승만 정권으로 등장인물들도 현실의 누구를 빗대어 설정한 것이다. 토의를 통해 아이들은 시대적 배경을 알아 오고 '민주주의'의 과정에 대해서도 조사하여 모둠별로 발표했다.

처음에는 낯설어하던 아이들의 입에서 '5.18 민주화 운동'과 '4.19 혁명' 등을 이야기했고 자기 나름의 생각을 넣어 원고를 만들어 발표했다. 마냥 아가들로 보던 아이들이 성장한 모습을 보면 나의 마음은 마냥 뿌듯하다.

아이들의 기량을 펼쳐 주기 위해 책의 주제에 맞는 자유로운 신문을 만들도록 했다. 아이들에게 모둠별 주제를 각자 선정하게 하고 그 주제에 맞게 신문을 만들게 했다. 우리 아이들은 1학년 때부터 잘 훈련되어 책을 읽고 시대적 배경이나 주제 등을 토의로 찾고 그에 맞는 소주제를 스스로 결정한다. 집에서 정보를 수집하고 다시 토의하며 정리한 뒤, 종이에 제목 및 내용을 정하고 레이아웃한 뒤 만들기 시작한다. 다 만든 후 신문 주제에 맞게 원고를 만들고 모둠별 발표를 한다. 이렇게 진행하는 것에 익숙해져서 중학교 가서 수행평가 할 때 많은 도움이 된다고 졸업생들이 입을 모아 말한다.

한 반이 하나의 신문을 만들어 네 개의 게시판이 완성되었다. 교사의 도움 없이 스스로 만들어 낸 아이들은 매우 뿌듯해하며 제출했다. 나 또한 아이들의 작품을 전시하면서 기특함을 숨길 수 없었다. 이런 경험을 통해 6학년 아이들이 중학교와 고등학교의 교과과정을 지루하거나 어렵게 여기지 않고, 좀 더 재미와 생동감 있게 알아가는 과정이 되길 바란다.

우리 예비 중학생들! 파이팅!

"살아 있는 것은
모두 자존심이 있다"

5학년 2학기 첫 독서 수업으로 김남중 작가의 책《자존심》을 선택했다. 사람의 자존심에 대해 이야기하겠거니 생각했다가 허를 찔렸다. 이 책은 동물의 자존심에 대한 이야기로, 작가는 '살아 있는 것은 모두 자존심이 있다'라는 주제 아래 "인간뿐 아니라 자연 속의 살아 있는 모든 존재의 자존심을 지키도록 인간이 도와주어야 한다"라고 말한다.

〈나를 싫어한 진돗개〉를 비롯해 일곱 개의 챕터로 구성되어 있는데, 첫 챕터부터 나의 눈물샘을 자극했다. 중풍에 걸린 진돗개를 입양한 아이가 그 개를 무시하며 싫어하다 비 오는 날 챙기지 못해 결국 폐렴으로 그 개를 잃게 되며 아이가 후회하는 내용이다. 나머지 이야기도 동물과 인간의 관계에 대해 생각하고, 자연을 어떻게 바라보아야 할지에 대한 화두를 던진다.

어제도 한 아저씨가 오토바이에 개를 묶어 달리다 걸린 기사를 보았다. 그 개의 네 발이 닳아서 살점이 다 뜯겨 나간 장면을 보며 인간의 잔악성에 대해 치를 떨었다. 이건 동물 학대뿐 아니라 생명을 하찮게 여기는, 생명 존중에 대한 무개념으로 잠재적 범죄자로 볼 수 있다.

이런 이유로 《자존심》이라는 책의 주제가 아이들에게 필요하다고 판단해 수업 도서로 선정했다. 먼저 내가 책을 소개하며 다양한 사례들을 이야기해 준다. 아이들의 눈빛은 사뭇 진지하다. 동물 학대 예시에서는 잘잘못을 따지며 분노하는 학생도 있다.

이때, 분노의 논리적 이유에 대해 생각해 보게 하는 것이 나의 일이다. 그리고 그 문제를 어떻게 해결할 수 있는지에 대한 다양한 방법까지 학생들 스스로가 찾을 수 있게 돕는다. 해결 방법을 아는 것에서 그치는 것이 아니라 이것이 아이들의 삶의 가치가 되도록 이끄는 것까지가 나의 몫이다.

아이들은 이 책에서 문젯거리를 뽑고 자신이 옳다고 생각하는 방향으로 글을 쓸 것이다. 그 글을 가지고 다른 생각을 하는 학생들과 토론하며 옳고 그름과 다양한 생각들을 경험하게 된다.

이 소중한 경험을 통해 우리 5학년 아이들이 생명의 무한한 가치에 대해 존중하고, 대자연과 더불어 사는 하나의 생명체로서의 겸손을 배우길 바란다.

"어린이들도 알 것은
알아야 합니다"

《문제아》라는 책이 있다. 박기범이라는 작가가 지은 책인데, 책도 범상치 않고 작가도 특별하다. 박기범 작가는 세상에 관심이 매우 많고 아닌 것에 대해서는 신랄하게 비판한다. 2003년 미국이 이라크를 침공할 때 그곳의 어린이들을 지키고자 평화지킴이로 전쟁터의 한복판으로 들어갈 만큼 자기 신념이 강한 사람이다.

그의 책들을 보면 더욱 잘 느껴진다. 《어미개》, 《새끼개》, 《미친개》라는 그림책이 있다. 그림책이지만 저학년용 도서가 아니다. 책 안에 너무 많은 깊은 슬픔이 느껴져서 교사인 나도 펑펑 울며 읽었다.

《새끼개》는 10년도 훨씬 전에 무심코 읽었다가 뒤통수를 제대로 맞은 도서다. 키우려고 데려왔다가 사납다고 도로 보내 버린 뒤 주인을 찾아온 새끼개의 슬픔과 그 죽음이 내용이다.

《어미개》도 마찬가지로 '희생'이라는 이름의 선한 기쁨보다는 슬픔을 먼저 느껴야 하는 내용이고, 《미친개》는 상상을 초월한다. 이 책은 읽고 몇 주 동안이나 마음이 아파서 계속 곱씹어 가며 되새긴 명작이다. '소통'의 부재로 '미친개'로 오인받아 더 이상 물러설 곳이 없는 존재에 대한 암울한 이야기다.

이 '개' 시리즈를 읽으며 '아이들에게 이런 책을 보여 주어도 될까?' 하는 생각이 가장 먼저 들었다. 보통 그림책이라고 하면 희망적이고 밝은 내용이 주를 이루기 때문이다. 그런데 다시 생각해 보면 아이들이 사는 세계도 우리의 세계와 그다지 다르지 않다. 그래서 희망을 이야기할 때 절망스러울 수도 있음을, 기쁨이 있는 곳에 슬픔도 공존하고 있다는 것에 대해 아이들도 알 권리가 있다고 생각했다.

그림책의 추천서에도 "어린이는 세상의 아픔과 그늘을 모르고 자라야 한다고 생각하는 어른들이 있습니다. 그렇지 않습니다. 어린이들도 알 것은 알아야 하고 느낄 것은 느껴야 합니다. 그리고 아무리 감추어도 어린이의 맑은 눈에 그런 일이 보이지 않을 리가 없습니다"라고 적혀 있어 공감했었다.

이런 맥락에서 《문제아》라는 책은 6학년부터 성인에 이르기까지 사회의 양면성에 대해 알아볼 수 있는 좋은 도서라고 생각한다. 이 책의 앞 장에도 "박기범 씨의 동화를 읽고 저는 깜짝 놀랐습니다. 큰 감동을 받았습니다. 어린이들뿐만 아니라 어른들에게도 꼭 들려주어야 할 아주 소중한 이야기들을 이렇게 동화로 쓰기는 쉬운 일이 아닙니다"라고 명시되어 있다.

가난, 소외계층과 민주화 운동, 이혼 가정, 선생님의 편견 등 동화로 쓰기 어려운 주제를 박기범 작가는 소재로 삼아 동심의 눈으로 서술한다. 어린이의 맑은 눈은 어른의 눈보다 훨씬 예리하게 본질을 파악하기에 사유할 수도 있다.

서슬 퍼런 동화작가의 빛나는 눈에 세상과 타협하며 편히 살아온 나는 어떻게 보일까? 읽는 내내 나도 모르게 마음이 시큰하다.

우리가 본질을 찾아야 하는 이유

드디어 《문제아》라는 책을 선정해 6학년 학생들과 논술 수업을 진행했다. 《문제아》의 책은 총 10개의 소주제로 이뤄져 있는데, 그중 다섯 번째의 글 〈문제아〉를 뽑아 깊이 있게 들여다보기로 했다.

〈문제아〉는 아픈 할머니와 도배일을 하는 아빠와 사는 평범한 학생 하창수에 대한 이야기다. 창수는 약간의 오기와 깡을 갖고 있고, 지는 것을 좋아하지 않는 또래의 아이들과 비슷한 학생이었다. 엄마가 없고 좀 가난하다는 것 말고는.

어느 날, 할머니의 약값을 가지고 하교하던 중 돈을 빼앗으려는 선배와 씨름하다 가까스로 피해 도망갔다. 다음 날 그 선배들과 친한 규석이라는 반 아이가 창수를 가차 없이 때렸는데 아무도 도와주지 않는다. 규석이가 잠시 숨을 고를 때, 창수는 의자를 집어 들어 규석이를 때렸고 이 일로 창수는 교장실을 들락거렸다. 학부모회 대표였던 규석이의 엄마가 학교를 뒤집었기 때문이다. 창수의 아빠는 사과를 했고, 그 뒤로 창수는 학교의 대표적인 문제아로 낙인찍힌다. 6학년이 되며 창수는 자신의 이미지를 간절히 바꾸고 싶지만, 첫날 담임선생님은 창수를 문제아로 부르며 거리를 둔다.

"나는 문제아다. 선생님이 문제아라니까 나는 문제아다"로 글은 시작한다. 첫 문장부터 과감하고 마음이 철렁한다. 다소 어려운 글을 아이들과 어떻게 접근하면 잘 이해할지에 대해 고민했다.

'창수는 억울하고 선생님과 아이들은 나쁘다'로 가르치고 싶지는 않았다. 역시나 학생들은 읽고 와서 '선생님이 나쁘네', '규석이가 일진이네', '규석이 엄마가 나쁘네' 등등 드러나는 문제들에 집중했다.

그래서 나는 "진짜 규석이 엄마가 나쁠까? 내가 규석이 엄마라도 그렇게 하겠네. 어디 내 아들 이를 부러뜨려? 이건 고소감이지"라고 연기하듯 말하니 이내 조용해졌다. 그러면서 좀 어려운 '본질'이라는 단어를 썼다. '본질'이란 사물이나 현상의 가장 근본적인 성질을 뜻하는 말인데 6학년 학생들에게는 생소하고 어려운 단어가 분명했다. 그래서 나는 이해하기 쉬운 예를 들며 설명했다.

"지금부터 〈문제아〉의 문제를 찾기 전에 나의 '문제의 본질'을 먼저 살펴보고 토의해 볼 거예요. '문제의 본질' 하면 어렵죠? 예를 들어 볼게요. '박소현'이라는 연예인은 건망증이 너무 심해 일상생활이 어려워 '오은영 박사님'을 찾아갔어요. 상담 결과 박소현 씨는 어른 ADHD 증상이었고 약물과 함께 치료해야 했어요. 건망증이 아니라 ADHD가 문제였지요. 나도 전에 머리가 깨질 듯이 아프다가 토하는 증상이 반복적으로 나타나 생활하기가 힘든 문제가 있었어요. 곰곰이 여러 날을 생각해 보니 '과로'를 하면 증상이 나타나더라고요. '왜 과로를 하나?' 생각하니 일을 너무 많이 하고 있더군요. '왜 일을 많이 하지?'라고 생각하니 나에게는 일 조정 능력이 부족해서 나의 한계를 모르고 다 하고 있었더라고요. 이게 문제의 본질이었던 거예요."

15분 정도 '나의 문제와 그 문제의 본질'에 대해 모둠별로 토의하고 한 명이 나와서 토의 내용을 발표하게 했다. 어려울 것 같아 염려스러웠는데 발표 내용을 들으며 나는 다시 한번 학생들의 기량에 놀랐다.

한 남학생이 "영어가 한 귀로 들어와 한 귀로 나가요. 그래서 어려운 게 문제예요"라고 했는데 토의하는 중에 자기 문제의 본질은 영어 선생님과의 관계 문제였다고 발표했다. 영어 선생님이 싫었고 그 선생님이 하는 수업이 듣기 싫으니 한 귀로 나가고 영어가 점점 어려워졌다는 것이다. 그러면서 선생님과 화해하고 영어를 좋아해 봐야겠다고 이야기했다.

한 여학생도 학교만 오면 소극적으로 변하는 게 문제인데 토의하며 어릴 때의 왕따 경험에 대해 오픈하기도 했다. 잊은 줄 알았던 나쁜 기억이 친구들 앞에서 소극적으로 변하게 만드는 문제였던 것이다. 이렇게까지 아이들이 적극적으로 솔직하게 문제를 드러내고 표현할 거라고는 생각지도 못했다.

드러나는 문제만 보고 치료하면 겉은 나아지지만 결국은 같은 상처가 또 드러나게 마련이다. 〈문제아〉 속의 인물들도 단순히 착한 사람, 나쁜 사람으로 판단할 것이 아니라 그런 행동을 하는 원인에 대해 깊이 생각해서 그 뿌리(본질)에 대해 분석해야 한다.

그러다 보면 겉으로 드러나는 것에 반응하기보다는 그 이유나 원인을 보려는 관점이 달라지며 좀 더 신중하게 표현할 수 있다. 물론 이해의 폭이 넓어지는 건 말할 것도 없다. 그것이 문학을 읽는 가장 큰 의미이며 박기범 작가도 이런 목적으로 이 글을 쓴 것이 아닐까 생각한다. 학생들과 유의미한 수업을 한 것 같아 내심 뿌듯했다.

암탉과 쌈닭 사이

여름 방학 독서캠프에서 고학년 도서 중 하나로 《마당을 나온 암탉》을 선정했다. 이 책이 처음 발간되었을 당시, 나는 아이 엄마로 양육에 대한 부담이 컸을 때였다. 어느 저녁 지하철에서 이 책을 읽다가 컥컥거리고 울었다.

주인공인 '잎싹'이가 마치 나 같아서 마음이 아팠다. 그녀의 모습이 때론 나보다 더 엄마다운 인물이라 반성하는 마음으로 그렇게도 눈물이 났나 보다. '난 암탉인데 용기가 없구나, 그럼 제대로 된 암탉이 되어 용기 내어 마당을 넘어가 보리라' 하는 결심을 하기도 했다. 이렇듯 이 책은 나에게 나름의 사연이 있는 책이고, 중1 교과 도서이기도 해서 고학년 아이들에게 안성맞춤이었다.

학교에서 나는 논술 교사로 전교생을 가르치고 있어 수업시수가 많은 편이다. 논술이 전공이다 보니 말투가 깔끔하고 군더더기가 없고 대부분이 직설적이다. 작정해야만 함축적 표현이나 설명적 어투로 바뀌지, 대부분은 생각한 논리대로 표현한다.

더구나 '모든 인간은 평등하다'의 기본 개념 위에 '모든 직업은 평등하다'라는 골조를 세우고, 직위라는 것은 있을 수 있지만 사람의 위아래는 인정할 수 없다는 생각을 갖고 있다. 이게 문제다!

사람의 높고 낮음도 인정하고 불평등도 인정했으면 사는 게 지금보다 편했을 텐데 우리 부모님은 나를 그렇게 가르치지 않았다. 내가 얼마나 귀한 사람인지 알 수 있게 키워 주셨고, 나만큼이나 다른 이도 귀함을 알게 키우셨다. 그래서 나는 우리 학교에서 청소 선생님을, 조리장 선생님을 가장 애정하는 눈빛으로 바라본다. 때론 뛰어가서 커피라도 드리고 멀찍이 계셔도 쫓아가 인사하는 편이다. 그러면 그분들은 매우 부끄러워하시기도 하고 아주 좋아라 하신다.

그러나 낮은 직위로 인해 인간적인 부당함을 느낀다면 나의 태도는 다르다. 당연히 사회의 직위에서 오는 위아래는 따라야 할 일이지만 직위가 곧 나의 본질은 아니다. 따라서 인간적으로는 나를 낮출 수 없다. 간혹 이런 일들이 발생하면 밤잠을 설치고 입맛이 떨어지며 깊은 상념에 빠진다. 나의 논리를 죽이고 가치관의 소리를 듣지 않으려 애쓴다. 하지만 그렇게 여러 날이 지나도 해결이 되지 않으면 아주 깔끔한 근거를 만들어 찾아가 할 말을 한다.

많은 사람들이 '눈감고 넘기는 것'을 나는 눈뜨고 넘기지 않는다. 이렇다 보니 나를 만만히 보지 않고, 심지어 한 번도 다툰 적이 없어도 '쌈닭'으로 비칠 수도 있을 것 같다. 제대로 된 암탉이 되고 싶은 나는 쌈닭이 아니다. 나만 좋은 엄마 하고 내 아이만 잘 키워 내는 참기만 하는 암탉 말고, 내 아이와 남의 아이도 더불어 살 만한 세상을 만들기 위해 싸울 줄도 아는 암탉이 되어야 한다고 생각한다. 그래서 '이해되지 않는 일'에 대해 이해하고 싶어 물어야 하고, 내가 '왜 이해할 수 없는지'에 대해 설명해야 한다.

그렇기 위해서는 '용기'를 내야 한다. 암탉이 되는 것도, 쌈닭이 되는 것도 용기가 있어야 한다. 나이와 반비례하는 이 녀석을 끌어모아 지혜롭게 암탉과 쌈닭 사이의 중립을 지키며 살아남아야겠다. 그래야 우리 아이들이 사회에 나갔을 때 지금보다는 이해되는 사회로 변할 수 있을 테니 말이다.

프로는 프로답게

집을 리모델링하면서 모든 게 참 어려웠다. 집 없이 떠돌아다니니 몸과 마음이 어려운 거야 당연한 거지만, 내 집을 처음으로 리모델링하다 보니 아는 게 없어 뭐 하나 결정하기가 쉽지 않았다.

나는 결정장애가 없는 편이다. 대부분 내 안의 조건순위에 맞게 계산해서 바로 결정하는 편이다. 하지만 이번 리모델링을 하면서 집에 필요한 것을 선택해야 하는 경우는 예외였다. 아는게 없으니 선택의 폭이 좁았고 혼란스러웠다.

예를 들어 사장님이 "이건 새로 나온 모델이라 설치하시면 세련되고 예쁠 겁니다. 하지만 물이 튀어서 불편할 수도 있습니다.

그리고 이건 구형 모델이라 예쁘지는 않은데 물이 잘 튀지 않습니다. 둘 중 어떤 걸로 하시겠습니까?"라고 물으면 나는 유구무언이었다.

누가 보면 바보같이 멀뚱멀뚱 서 있는 것처럼 보이겠지만, 생각이 많은 나는 그 순간 번개처럼 내 안의 순위에 맞게 선택하기 위해 갈등하고 있는 것이다. 하지만 나는 세련되고 예쁘며 물이 튀지 않는 모델을 갖고 싶었다. 새로 리모델링을 하는데 안 예쁘면 어떡하란 말인가!

또한 나는 실리적인 것을 추구하는 사람이다. 실생활에 필요한 실학적 사고를 하는 사람인지라 사람도 겉만 번지르르하고 머릿속이 비면 매력 없다 느끼는데, 하물며 수도꼭지가 이쁘기만 하고 물이 튀어 나무 바닥을 흥건하게 적신다면 그게 수도꼭지랴!

이러다 보니 물어보는 족족 나에겐 어려운 문제였고 결국 다른 사람이 결정해 주었다. 그러면서 드는 생각. 나 같은 초짜들의 선택을 편히 해 줄 방법은 없는가? 한 세계에서 10년 이상의 경력을 가지면 우리는 대부분 그런 사람을 '프로'라고 부른다. 그 방면으로는 타의 추종을 불허할 만큼 전문적이라는 것인데, 그런 프로가 초짜들을 돕는 건 식은 죽 먹기일 것이다.

예를 들어 나의 상황이라면 "이건 예쁘지만, 물이 튑니다. 제 생각으로는 물이 튀어도 이 집과는 이 상품이 어울리니 이걸로 하시는 게 어떨까요?"라든지, 아니면 "이 모델은 구형이지만 물이 튀지 않는 장점이 있지요. 더구나 이 집은 바닥이 나무이니 물이 튀면 곤란해지겠네요. 이 상품이 좀 더 나을 듯합니다"라고 말해 준다면 어떨까?

나는 교사다. 다년간 공부하고 가르치면서 교육적 가치관을 확립하고 교육적 신념에 의해 일하고 있다. 상담할 때 이런 프로다움으로 학부모나 학생들을 만나, 안 그래도 어려운 그들의 속을 시원하게 해 주고, 불안한 자녀에 대한 확신을 가질 수 있게 위로가 된다면 얼마나 좋을까!

막연하게 선택하게 하는 것이 아니라 더 좋은 방향으로 선택할 수 있도록 제시해 주는 프로 같은 교사, 적어도 한 치 앞 정도는 알고 방향을 제시하고, 그 길의 옳고 그름과 장단점을 분석해 주는 군더더기 없는 교육 프로가 되고 싶다.

오월의 푸른 하늘만큼이나
행복해지기를

학부모 독서 동아리를 수년째 운영하고 있다. 학부모님들이 인문학책을 읽으면서 '나'를 회복하고, 행복한 부모의 모습으로 자녀를 양육하기를 바라며 이 동아리를 운영해 왔다.

지난 금요일, 1년에 한 번 독서 동아리에서 견학을 가는 날이었다. 처음엔 파주에 가서 책 만들기나 박물관 체험을 했었는데 작년부터는 작은 독립서점 등을 방문해 책도 구입하고 시중에 잘 팔지 않는 도서들도 구경하며 책방지기들의 삶을 둘러보는 시간을 가졌다.

이곳저곳을 수소문해 보니 이천에 이름도 너무나 고운 '오월의 푸른 하늘'이란 책방을 찾아 예약했다. 이미 블로그 등으로 그곳의 사진과 이용 방법 등을 숙지하고 떠났다. 오월의 푸른 하늘이 무색할 만큼 시월의 찬란한 파란 하늘을 안고 우리는 시끌벅적한 여행을 떠났다. 다들 단풍 구경을 가느라 길이 살짝 막혔지만, 그곳의 풍경은 막히는 시간조차 잊게 했다. 고즈넉한 한옥에 여기저기 무럭무럭 자라 있는 밭뙈기의 채소는 덤으로 볼 수 있었다.

책방 주인장이 건축학을 전공해서인지 전체적으로 집에 딱 맞게 설치된 책장과 생각보다 많은 책에 적잖이 놀랐다. 솔직히 독립서점은 1시간 정도 둘러보면 다 볼 만큼 책이 많지는 않은데 이곳은 꽤 많이 구비되어 있었다. 아이용으로 이수지 작가나 요시타케 신스케 등의 요즘에 핫한 책들이 전시되어 있어 주인장의 센스를 엿볼 수 있었다. 특히나 민음사 시리즈가 이렇게나 많은 독립서점이 있다니, 평소 보지 못한 나의 최애 책들을 보며 연신 사진을 찍어 기억했다.

어머님들도 이곳저곳을 다니시며 책을 구경하고 사진도 찍고 삼삼오오 모여 도란도란 이야기도 나누었다. 책을 배경 삼아 다니는 어머님들을 보자니 너무도 아름다웠다. 이들은 시간을 쪼개어 책을 읽고, 책과 함께 삶을 나누는 것을 우선순위로 삼는 사람들이다.

이건 생각보다 참 어려운 일이다. 눈 깜짝하면 시간이란 녀석은 훅 지나가서 "책 읽을 시간이 없어요"라고 만들어 버리기 때문이다. 하지만 가는 그 시간을 잡아 나한테 맞추기 시작하면 이 녀석은 금세 고분고분해져서 나를 따라오기 십상이다. 그걸 아는 아주 현명한 학부모님들이시다.

여하튼 우리는 독서모임도 하고 책 구입도 하고 주인장의 서비스인 커피와 웰컴 초콜릿도 먹으며 따뜻한 시간을 보냈다. 여러 학부모님들이 "선생님 이런 곳은 어떻게 아셨어요? 너무 좋아요. 아이들이랑 다시 와야겠어요"라고 하신다.

뿌듯하다. 어머님들이 행복해서 그 자녀들에게 행복감을 나눠 주고, 우리 아이들도 한 뼘만큼 더 행복해지기를. 그리고 이곳으로 가족들이 와서 좋은 독서 경험을 하고 돌아갔으면 하는 바람이다.

아, 오늘도 의미 있는 하루를 보냈다.

아름다운 사람들의 모임,
동치미

　나는 세 개의 인문학 독서 동아리와 한 개의 신앙 서적 독서 동아리를 참여하면서 운영하고 있다. 이 중에는 10년 남짓 해 온 모임도 있고 이제 1년이 되어 가는 모임도 있다. 당연히 오래 묵힌 모임일수록 마음이 가고 정도 깊다.

　그중 8년 차를 향해가는 학부모 독서 동아리 역시 나에겐 소중한 모임이다. 처음 학교에서 나에게 학부모 독서 동아리를 운영해 보면 어떻겠냐는 제안을 했을 때, "교사 독서 동아리가 더 좋은데요?"라고 대뜸 대답했다. 학부모 대상이면 이런저런 신경 써야 할 것들이 많고 교사와 학부모라는 두툼한 '선'이 있기에 불편할 수 있었다.

그런 마음으로 독서 동아리를 맡았고 꽤 불편하게 6개월을 진행했다. 번외의 일이기에 언제든 그만둘 요량으로 내가 하고 싶은 책으로 선정해 진행했고, 어머님들은 너무 어려워하시면서도 책을 꼬박꼬박 완독해 오셨다. 그리고 그 선을 정확히 서로 지켜 내며 모임을 한 지 1년이 넘어가면서 그 무서운 '정'이란 게 들기 시작했다. 아니 정도 눈치가 있어야지, 교사랑 학부모가 정이 들면 어쩌냐고! 모임을 하며 서로의 가정사를 오픈하고 생각을 오픈하고 마음도 오픈했다. 그렇게 7년을 만났다.

여전히 나는 교사고 학부모는 학부모다. 다만 그 선은 매우 얇아졌고 나의 문턱도 이젠 거의 희미해져 어머님들이 들락날락하며 상담하기에 이르렀다. 졸업한 학부모님들은 이젠 친구 같기도 하다. 안 믿기지만 가끔은 진짜 보고 싶기도 하다. 안 좋은 소식이 들리면 밥이라도 사 드리고 싶고, 좋은 소식이 들리면 나도 웃음이 난다. 이런 가벼운 마음으로 학부모 독서 동아리 '동치미'를 운영해 왔고, 코로나 전에 하려던 '동치미 Homecoming day'를 드디어 개최하게 되었다.

학부모 임원을 필두로 계획했고, 졸업생 어머님들을 초청하고 장소 섭외 및 공로상과 선물 증정, 식사까지 알찬 행사를 진행했다. 동행한 교장 선생님과 나에게 꽃다발 증정식을 하는 세심한 배려를 느낄 수 있었다. 무엇보다 좋았던 것은 1기 때부터 함께했던 어머님들을 다시 만난 것이다. 7년간의 시간이 마음속에서 스쳐 지나가고 있었기에 얼굴만 봐도 나는 울컥울컥했다. 앞에서 소감을 말할 때도 울지 않으려 마음을 다독였다.

모든 식을 마치고 식사하고 나서 책에 대해 소통하기 전, 나는 내 이야기를 시작했다. 이 모임이 나에게 어떤 의미인지, 어떤 목적을 갖고 지금까지 운영하고 있는지, 그리고 내가 얼마나 아끼는지에 대해 진심으로 말했다.

아, 더 이상 마음의 홍수를 참을 수 없었다. 떨리는 목소리로 이야기를 이어 가니 "선생님, 울지 마세요" 하던 어머님들의 눈가도 촉촉해졌다. 이 모임은 내가 만든 것이 아니라, '우리'가 만들었기에 우리는 같은 마음으로 이 모임을 바라보고 있었다.

꽤 오랜 시간 소통을 하고 돌아오는 길, 진이 빠져 피곤했지만 마음의 자부심은 100%로 충전되었다. 인생의 유의미한 씨앗 하나를 심어 잘 익은 열매를 거둔 기분이었다. 어느 어머님 하나 아름답지 않은 사람이 없다. 그들이 책을 읽고 가져오는 사연도 어느 하나 허투루 듣지 않았다.

이제 동치미를 다시 시작하는 느낌이다. 현역에 있는 학부모님뿐만 아니라 이곳을 지나간 또는 지나갔다 다시 돌아온 선배님, 그리고 또 들어올 후배님까지 우리가 만들 이야기는 계속될 것이고 반드시 지금처럼 아름다울 것이다.

아름다운 동치미 어머님들, 감사하고 사랑합니다!

아름다운 당신의 인생

    이전에 했던 대부분의 강의는 학부모를 대상으로 했던 터라 수강생들의 연령은 30~40대였다. 그리고 그들은 '자녀'라는 공통분모로 똘똘 뭉쳐 있어 강의목적과 주제는 어렵지 않게 정할 수 있었다. 인문학을 강의할 때도 그들은 '자신'을 찾기보다는 '자녀를 잘 키우고 싶은 욕구를 가진 나'를 찾길 원했고, 결국은 '나'보다는 '부모'의 이름으로 살길 원했다. 나 또한 그리 살았으니 무어라 할 말은 없지만, 그때에도 간혹 '나'라는 사람을 생각하면 내 인생에 '내'가 없어 슬프기도 했다.

    퇴근 후, 오랜만에 '역사를 통한 인문학'을 강의하러 갔다. '주로 30~50대의 여자분들이 오겠지'라고 생각하고 그에 맞는 멘트를 준비했다. 앗, 아뿔싸! 들어오시는 수강생마다 머리에 하얀 눈이 소복이 쌓여 있었고 나는 동공지진이 일었다. 나보다도 한참 선배이신 분들과 강의를 진행할 거라고는 생각지도 못했다. 마음은 멘트를 바꾸느라 소란스러웠다. 내 소개를 마치고 돌아가며 이 강의를 수강한 목적에 대해 발표하는 시간을 가졌다.

머리는 회색빛으로, 약간 마른 듯하게 깔끔한 인상을 가진 남자분이 어색한 듯 조용히 일어나시더니 "저는 35년 일하다가 얼마 전에 퇴직했습니다. 다시 다른 일을 찾는 중인데 요즘 고민이 생겼습니다. 제가 누군지 잘 모르겠다는 겁니다. 아휴, 답답합니다. 그래서 인문학이 뭔지도 잘 모르겠지만 이곳에서 제가 어떤 인생을 살았는지 생각하고 저를 좀 알았으면 좋겠습니다"라고 하셨다.

내심 깜짝 놀랐다. 나이 지긋한 남자분의 입에서 '나'를 찾고 싶다는 말을 들을 거라고는 생각지도 못했기 때문이다.

앞자리와 조금 떨어진 곳에 앉아서 "왜 이런 걸 신청해가지고, 별걸 다 하네"하며 투덜대시던 머리 하얀 남자분도 일어나서는 "제가 여태 일만 했습니다. 근데 퇴직하고 나니 내가 어떻게 살아야 하는지 잘 모르겠더라고요. 뭘 배우려고 하면 한 귀로 듣고 한 귀로 나가서 기억도 못 하겠더라고요. 여기서 일단 내가 살아 있다는 것을 느껴 보고 싶습니다"라고 하신다. 이 말을 들으니 아빠 생각이 나서 마음이 울렁거렸다.

한 여자분은 "제가 다시 재취업이 되어 이 나이에도 일을 하고 있습니다. 집도 여기서 1시간이나 가야 하는데 뭐라도 배우고 싶어서 왔습니다. 저는 나이와 상관없이 하고 싶은 일은 언제든지 할 수 있고, 배울 수 있다고 생각합니다. 이곳에서 이 생각이 틀리지 않는다는 걸 알고 싶습니다"라며 온화한 미소를 지으셨다.

수강생들의 이야기를 다 듣고 난 뒤 나는 그들을 바라보며 말했다.

"저는 여기 가르치러 온 강사입니다. 그런데 여러분들의 이야기를 들으니 제가 이곳에서 배워 돌아갈 것 같다는 생각이 듭니다. 나이의 많고 적음은 내 생각에서 기인한다고 볼 수 있습니다. 우리 아빠는 퇴직 후에 나이가 들어 시골에 휴양하러 내려갔는데 지금은 그곳에서 작업반장까지 맡아 일하십니다. 왜냐고요? 그곳에서 제일 어리기 때문입니다"

"껄껄 껄껄"

지금이라도 자신의 정체성을 찾으려고 하는 분들이 멋있어 보였다. 앞으로 3개월 동안 진행되는 강좌를 통해 '나'를 잘 찾을 수 있게 돕는 조력자가 되기로 다짐했다. 지금껏 일만 하며 살아온 분들과, 더불어 이 나라를 일군 지금의 60~70대분들의 인생을 응원한다.

우리는 어디서 무엇이 되어
다시 만나랴

1학기에 벌인 일들이 마무리되어 간다. '살아 있음을 느끼고 싶다는 욕망'으로 시작된, 무리했던 일들이 점차 끝나 간다. 학기를 마무리하는 밀린 일들도 끝내 방학식을 했고, 강의 준비로 만들어야 할 자료준비도 마쳤다. 이제 두어 번의 강의만 하면 이것도 마무리된다.

아, 속이 다 시원하다. 돌아보니 1학기 내내 밀려 있는 자료들과 씨름하면서 보낸 시간들은 유익했고, 강의하면서 만났던 분들과 깊은 정이 생기면서 의미 있는 관계를 맺고 추억들도 쌓을 수 있었다.

이곳에서 만난 분들은 첫날부터 특별했다. 커피나 간단한 간식이 없냐는 어떤 분의 투정에 자발적으로 과자와 음료를 준비해 도서관에 비치해 놓는 분이 있는가 하면, 저녁을 못 먹고 오는 강사를 위해 전을 부쳐 오거나 고구마를 삶아 준비해 오시기도 했다. 나를 언제 봤다고 내 간식이며 심지어 동태탕에 해장국까지 포장해 오시는 분도 있었다. 놀랐지만, 감사한 마음으로 그 음식을 받았고 가족들에게 자랑하며 맛있게 먹었다.

받은 사랑이 너무 많아서 나도 한 번은 대접하고 싶어 강의하는 곳 근처의 카페에서 부랴부랴 음료를 준비해 가져갔다. 그런데 평소 일찍 오시던 분들이 늦으셔서 코가 빠지도록 기다리고 있었다. 전화를 하니 거의 다 오셨다는 답을 주셔서 좀 더 기다려 보기로 했다. 헐레벌떡 들어오신 분은 농사지은 콩으로 얼음까지 띄워 콩국을 만들어 오셨고 식사를 못 하신 분들을 위해 김밥도 사 오셨다. 뒤이어 들어오신 한 분은 뜨끈뜨끈한 피자 한 판을 준비해 오시느라 늦으신 거였다.

갑자기 한 상이 차려지며 모두가 즐겁게 음식을 나누어 먹었다. 먹으면서도 드는 생각이 요즘 세상에 이런 풍경이 말이 되는가! 12주도 채 되지 않은 시간에 처음 만난 사람들이 강의를 들으러 온 것뿐인데, 누가 이런 화기애애한 관계가 될 거라고 생각이나 했을까!

집에서 멀기도 하고 학교 외의 일을 하는 것이 육체적으로 무리가 있어 강의는 일단 접기로 마음먹었는데 이분들 때문에 그 맘이 흔들렸다. 어디서 이런 귀한 사람들을 또 만날 수 있을까?

역시나 첫날의 느낌처럼, 내가 가르치는 것보다 내가 더 배우는 수업이었다. 내가 그분들을 위하는 마음보다 그분들의 배려가 돋보이는 시간이기도 했다. 이제 한 차시만을 남겨두고 있다.

가끔 이분들이 그리울 것 같다.

김광섭의 詩 <저녁에>

저렇게 많은 중에서
별 하나가 나를 내려다본다
이렇게 많은 사람 중에서
그 별 하나를 쳐다본다

밤이 깊을수록
별은 밝음 속에 사라지고
나는 어둠 속에 사라진다

이렇게 정다운
너 하나 나 하나는

어디서 무엇이 되어
다시 만나랴

내게서 아이꽃이 피다

초판 1쇄 발행 2024. 1. 25.

지은이 이영자
펴낸이 김병호
펴낸곳 주식회사 바른북스

편집진행 김재영
디자인 김민지

등록 2019년 4월 3일 제2019-000040호
주소 서울시 성동구 연무장5길 9-16, 301호 (성수동2가, 블루스톤타워)
대표전화 070-7857-9719 | **경영지원** 02-3409-9719 | **팩스** 070-7610-9820

•바른북스는 여러분의 다양한 아이디어와 원고 투고를 설레는 마음으로 기다리고 있습니다.

이메일 barunbooks21@naver.com | **원고투고** barunbooks21@naver.com
홈페이지 www.barunbooks.com | **공식 블로그** blog.naver.com/barunbooks7
공식 포스트 post.naver.com/barunbooks7 | **페이스북** facebook.com/barunbooks7

ⓒ 이영자, 2024
ISBN 979-11-93647-69-1 03810